LE DRAGON ROUGE

MAPLE RIDGE SECONDARY SCHOOL

DATE	NAME	CONDITION
	Breanna Lett ♥	

DANS LA MÊME SÉRIE

Portée disparue
Le Phénix
Le Dragon rouge
Mort blanche

© 2005, Éditions Milan, pour le texte et l'illustration
300, rue Léon-Joulin, 31101 Toulouse Cedex 9, France
Loi 49-956 du 16 juillet 1949
Sur les publications destinées à la jeunesse
ISBN : 2-7459-1813-3
www.editionsmilan.com

CAROLINE TERRÉE

CSU
CRIME SUPPORT UNIT

LE DRAGON ROUGE

MILAN

PROLOGUE

Je sais qu'il est mort.
À la façon dont ses yeux se sont figés.
À la façon dont son corps s'est écroulé sur le sol.
D'un coup.
Comme une tour qui s'effondre.

Je m'accroupis près de lui et je regarde le sang qui coule sur sa tempe.
Rouge vif.
Visqueux.
Le résultat de mon travail.
Je ne sais pas quoi penser.

Je relève les yeux et tout est différent.
La lumière a été remplacée par un néant.
Froid.
Humide.
Je sens le regard de quelqu'un se poser sur moi.

Je me retourne et elle est là.
Enveloppée dans un tourbillon de rouge et de bleu.

Les yeux brillants de peur.
Le visage déjà résigné à l'inévitable.
Et j'appuie sur la gâchette.

Je m'enfonce à nouveau dans les ténèbres.
Pour essayer d'échapper à leurs hurlements.
À leurs faisceaux de lumière qui poignardent la nuit de tous les côtés.
Mais ils peuvent faire tout ce qu'ils veulent.
Parce que je les attends. Et que je suis armé.

1.

SAMEDI 12 OCTOBRE

CAFÉ STARBUCKS
1097 DAVIE STREET
23:48

– Merci.

J'attrape le cappuccino à emporter que me tend l'employé du Starbucks et je me dirige vers le petit comptoir près de la porte d'entrée pour ajouter une bonne dose de lait et deux sachets de sucre au mélange.

Puis je scelle le tout avec un couvercle en plastique et je ressors du café ; prête à affronter les dernières heures de mon jour d'astreinte en tant qu'officier supérieur.

Je traverse Thurlow Street – café dans une main, clés de voiture déjà dans l'autre – et je déverrouille à distance la Volvo garée de l'autre côté du carrefour sur le parking du CSU.

Bip-bip.

Les feux arrière se mettent à flasher dans la nuit.

Deux points de lumière rouge dans une immensité de bleu foncé.

Je monte à bord du véhicule et je glisse le cappuccino dans le porte-gobelet intégré à la colonne centrale.

Puis je claque la portière, et alors que je m'apprête à retourner au Central, mon portable et mon beeper se mettent à sonner en même temps.

Je jette un coup d'œil à l'heure affichée sur le tableau de bord – 23:52 – et je décroche.

– Agent Kovacs.

– Vous avez bien reçu notre message ?

Je fais basculer l'écran du beeper et je lis vite la ligne de texte affichée entre mon pouce et mon index.

– Affirmatif.

– Vous pouvez y être dans combien ?

– Cinq-dix minutes.

– Des problèmes avec les coordonnées ?

– Non. Aucun.

Je mets le contact et je continue.

– Vous pouvez appeler les membres de mon équipe ?

– Déjà fait.

– Merci.

J'attache ma ceinture de sécurité et je mets le véhicule en mode d'urgence.

Gyrophare posé sur le tableau de bord.

Sirène allumée.

Puis je relis une dernière fois le message affiché sur l'écran de mon beeper avant de démarrer.

OD. Chinatown Plaza.

L'un des pires codes qui soient.

La mort d'un officier de police dans l'exercice de ses fonctions.

Je traverse le centre-ville aussi vite que possible, en évitant Robson Square et son ambiance festive de samedi soir.

Puis je m'engage sur Hastings Street, et alors que je m'enfonce dans le cœur du district 2, la texture sociale de la ville commence lentement à se désintégrer sous mes yeux.

Les gratte-ciel sont peu à peu remplacés par des façades à la peinture pelée et aux fenêtres condamnées, et partout, le mélange de problèmes sociaux et d'abus de substances illicites est impossible à rater.

Les trottoirs sont squattés par des sans-abri enfouis sous des montagnes de cartons… Arpentés par des femmes aux talons hauts et aux jupes courtes à la recherche de nouveaux clients… Peuplés de silhouettes qui titubent, gesticulent et hurlent de longs discours qu'elles sont les seules à pouvoir comprendre…

Ce n'est pas seulement l'une des zones les plus pauvres de la ville. C'est aussi l'une des plus dangereuses. Un quartier qui a tendance à déverser ses problèmes dans les rues qui l'entourent. Dont celles de Chinatown.

Je coupe vite par Abbott Street et quand j'arrive enfin sur Pender Street, la porte ouest de Chinatown n'est plus qu'à quelques mètres.

Trois grandes arches qui enjambent la largeur entière de la rue – toits en tuiles jaunes de style pagode, motifs chinois.

Et derrière ça, s'étend Chinatown.
Le quartier chinois de la ville.
Une série de rues qui se croisent en angle droit, auxquelles s'ajoutent des dizaines de ruelles de service plus ou moins glauques.
Un univers bouillonnant de vie et de couleurs pendant la journée qui se vide d'un coup chaque soir à la fermeture des magasins. Pour devenir ce qu'il est à ce moment précis.
Une zone fantôme.
Sombre.
Hantée par une poignée d'ombres furtives qui apparaissent et disparaissent dans la nuit.
Je continue à longer Pender Street et ses rideaux de fer baissés… Ses immeubles délabrés collés les uns aux autres…
Puis je tourne sur la droite pour rejoindre les coordonnées que le Central vient de me donner – le Chinatown Plaza, l'un des plus grands centres commerciaux du quartier.
Et quand je vois le carrefour de Keefer et de Columbia Street apparaître soudain devant moi, j'ai l'impression de heurter un mur de plein fouet.

2.

DIMANCHE 13 OCTOBRE

CHINATOWN PLAZA
180 KEEFER STREET
00:06

Je me gare sur le premier emplacement que je peux trouver, à quelques mètres à peine de l'entrée du Chinatown Plaza, et je passe à l'action.

Je glisse ma plaque de police sur le devant de ma ceinture et j'enfile un coupe-vent du CSU. Puis je m'avance à grands pas vers la scène de cauchemar qui me fait face, en essayant d'enregistrer un maximum d'informations visuelles sur ce qui m'attend.

VÉHICULES.
Une camionnette blanche arrêtée devant le portail du parc Livingstone. Portière conducteur ouverte. Hayon relevé.
Une voiture de police garée juste derrière. Criblée de balles. Portières avant ouvertes. Code d'identification E72 imprimé sur le capot.
Et tout autour, une bonne dizaine de véhicules d'urgence : voitures de police, ambulances, camions de pompiers. Gyrophares allumés.

VICTIMES.
Un corps allongé près de la voiture de patrouille E72. Déjà recouvert d'un drap blanc.
Une jeune femme assise à l'arrière d'une ambulance du 911. 30-35 ans. Visage et uniforme du VPD[1] couverts de sang. Cheveux blonds. Regard braqué dans le vide.
Un homme couché au milieu du carrefour, entouré de médecins.
ARMES.
Aucune de visible d'où je suis.
PREMIÈRE PATROUILLE ARRIVÉE SUR LES LIEUX.
À leurs mains couvertes de sang, probablement les deux officiers qui me regardent approcher fixement depuis que je suis sortie de la voiture.
Le premier. 30-35 ans. Trapu. Cheveux roux. Type irlandais.
Le second. Plus jeune. Grand et mince. Traits asiatiques. Visiblement plus secoué que son collègue.
– Agent Kovacs. CSU.
Je me glisse sous le ruban jaune de police qui me sépare encore d'eux et je brandis ma plaque dans leur direction.
– C'est vous qui êtes arrivés en premier sur les lieux ?
– Affirmatif.
Je jette un coup d'œil au badge de l'homme qui vient de me répondre – *Sergent Tony O'Brien* – et à celui de son partenaire – *Sergent Lee Yung*.

---

1. Vancouver Police Department.

–Qu'est-ce qui s'est passé ?
–Fusillade. Un mort et deux blessés.
De nouveau, c'est O'Brien qui répond et je concentre toute mon attention sur lui. Pour ne pas brusquer son partenaire et respecter la hiérarchie évidente qui existe entre eux.
–Vous connaissez l'identité des victimes ?
–Oui. Sergent Alec Colson, patrouille E72, et sa partenaire, sergent Faith Donovan.
–Et l'autre homme ?
Il me foudroie du regard.
–Ce n'est pas une victime, c'est Feng Huaren, l'homme qui leur a tiré dessus. Un des membres présumés de la TDR.
–La Triade du Dragon rouge ?
–Affirmatif.
–Vous en êtes sûr ?
–Oui. Tous les officiers qui patrouillent dans le secteur le connaissent bien.
–Vous avez vu ce qui s'est passé ?
–Non. Quand on est arrivés, tout était déjà fini. Alec était au milieu du carrefour… Mort… Et Faith était blessée, juste derrière leur voiture.
–C'est la jeune femme dont le 911 est en train de s'occuper ?
–Oui. Elle a pris des éclats de verre sur le visage et on dirait que deux balles lui ont effleuré le cou…
–Elle vous a dit ce qui s'était passé ?

– Non. Rien. Je crois qu'elle est en état de choc. Elle n'a pas dit un mot depuis notre arrivée.

Derrière lui, je vois les médecins s'écarter de l'homme qu'ils essayaient de réanimer… Enlever l'embout d'un tube glissé dans sa gorge… Ranger leur matériel de réanimation cardiaque…
Et j'ai un deuxième mort sur les bras.
– Vous savez si quelqu'un a bougé quoi que ce soit ?
– Non. On a tout laissé dans l'état.
– Y compris les armes ?
Il baisse les yeux et je vois son partenaire se mettre à jouer nerveusement avec ses doigts.
– Sergent O'Brien ?
Il relève la tête. À contrecœur.
– Oui et non.
– Qu'est-ce que vous voulez dire par là ?
– Que j'ai dû toucher le Glock de Faith.
– Pourquoi ?
– Parce qu'elle l'avait encore entre les mains quand on est arrivés. J'ai réussi à la convaincre de me le donner… Et je l'ai placé dans un sac en plastique scellé. Il est dans le coffre de notre voiture.
– Vous savez si elle a ouvert le feu ?
– Oui. Je crois… Il y avait plusieurs douilles autour d'elle… Mais encore une fois, elle ne nous a rien dit. Et je n'ai pas vérifié le contenu de son chargeur…
– Et le sergent Colson ?
– Il n'a pas eu le temps de dégainer.

– Son arme était toujours dans son holster ?
– Oui.
– Vous savez comment il a été tué ?
– Deux balles dans la poitrine.
– Et l'autre homme ?
 Il se tourne et regarde les médecins du 911 recouvrir le corps de leur patient.
– Pareil.
 Je sens la nervosité du sergent Yung augmenter de façon exponentielle.
– Le sergent Colson ne portait pas de gilet pare-balles ?
– Si. Mais les balles ont traversé.
– Et le suspect que vous avez identifié comme étant Feng Huaren ?
– Il ne portait rien.
– Vous avez vu quel type d'arme il a utilisé ?
– Oui. Un pistolet H & K, qu'on a également dû emballer pour que les médecins du 911 puissent faire leur travail sans danger. On a aussi retrouvé un fusil d'assaut à l'intérieur de la camionnette. Un MP5. Flambant neuf. Sous le siège conducteur.
– Le suspect était-il conscient quand vous êtes arrivés ?
 O'Brien jette un long regard vers son partenaire.
 Et de nouveau, il me faut insister.
– Sergent O'Brien ?
– Oui. Il était au milieu du carrefour, en train de se tordre de douleur… Le pistolet était posé juste à côté de lui.

– À quelle distance ?
– Environ un mètre.
– Vous l'avez désarmé comment ?
– Je l'ai mis en joue, Lee a posé son pied sur le pistolet et l'a fait glisser sur le sol hors de sa portée.
– Et ensuite ?
– Je suis allé aider Faith et Lee a essayé de le maintenir en vie… On ne pouvait plus rien faire pour Alec… Je fais vite le bilan.
– Vous savez sur combien de blocs le quartier a été quadrillé ?
– Oui. Quatre. Juste le carrefour et les deux ou trois rues avoisinantes. On a aussi fouillé le parc Livingstone, mais c'est tout. Chinatown est un vrai labyrinthe. Même si Qian Shaozu était là lui aussi, il est probablement déjà loin.
– Qian Shaozu ?
– Oui. Lui et Huaren opèrent toujours ensemble. On a envoyé sa photo et sa description à toutes les patrouilles de la ville. Mais comme je viens de vous le dire, il est probablement déjà loin…
– Tout cela n'est bien basé que sur une supposition ? Personne n'a vu un deuxième homme ? Un deuxième suspect en fuite ?
– Non. Mais faites-moi confiance. On ne voit jamais l'un sans l'autre. C'est leur façon de procéder.
 Je vois le 4 x 4 de Nick se garer juste derrière ma Volvo et j'enchaîne.

– OK. Voilà ce qu'on va faire. Je vais aller parler au sergent Donovan et pendant ce temps-là, j'aimerais que vous alliez rejoindre mon collègue et que vous lui racontiez tout ce que vous venez de me dire. Son nom est Nick Ballard. Il vient de se garer derrière ma voiture...

O'Brien regarde le véhicule que je lui indique.

– J'aimerais aussi que vous et votre partenaire restiez ici, sur place, et que quelqu'un appelle David Ho, le responsable de la Division du crime organisé asiatique. Vous pouvez faire ça ?

– Pas de problème.

Je baisse les yeux sur le sang qu'ils ont sur les mains.

– Enfin, désolée, mais il va falloir que je vous demande de ne pas vous laver les mains... De rester comme ça jusqu'à l'arrivée du reste de mon équipe.

Lee Yung prend brusquement la parole pour la première fois.

– Pourquoi ?

– Parce que j'aimerais que mes collègues prélèvent tout indice qui pourrait se trouver sur vous.

Le sergent Yung regarde ses mains comme si elles appartenaient à quelqu'un d'autre, et je fais vite signe à Nick de prendre la relève.

Puis je me dirige vers Faith Donovan, pour essayer de percer le mur de silence qu'elle est devenue.

3.

CHINATOWN PLAZA
180 KEEFER STREET
00:12

– Sergent Donovan ?
Je m'approche lentement du seul témoin oculaire que nous avons pour l'instant, et une multitude de détails m'assaille au même moment.
Ses yeux bleus, presque transparents, qui semblent avoir perdu une bonne partie de leur pigment dans la lumière des gyrophares… Ses mains, encore couvertes de sang, crispées sur la couverture dans laquelle on l'a enveloppée… Son visage, maintenant luisant de désinfectant, criblé de petites coupures… Et les deux lacérations qu'elle a sur le cou, parfaitement parallèles, qu'un médecin est en train de traiter.
– Sergent Donovan… Mon nom est Kate Kovacs, CSU. C'est moi qui dirige cette enquête.
Elle ne réagit pas.
Son regard reste braqué dans le vide.
Ses mains crispées sur la couverture.
Et je prends une voix encore plus douce.

– Je sais que c'est un moment particulièrement difficile pour vous, mais j'ai besoin de vous poser quelques questions. Vous pensez que vous pouvez y répondre ?

Toujours rien.

Sur ma droite, le docteur se met à secouer la tête en soupirant – « ce n'est vraiment pas le moment » – et je continue avec difficulté.

– Sergent Donovan ?

Silence.

– Est-ce que vous pouvez me dire ce qui s'est passé ?

C'est comme si je n'existais pas.

– Sergent Donovan, pouvez-vous me dire comment la fusillade a commencé ?

Elle relève les yeux.

Lentement…

Et quand elle les pose sur la silhouette de son partenaire allongé sur la chaussée, son corps se met soudain à trembler.

Violemment.

Des pieds à la tête.

Comme si elle venait d'être frappée par une décharge électrique.

– Sergent Donovan ?

Elle se met à sangloter.

– On n'aurait jamais dû les suivre… On aurait dû rester là-bas… Attendre des renforts…

– « Là-bas », où ?

Ses bras se croisent devant son corps et elle essaie d'enfouir son visage sous la couverture.

– Sergent Donovan... S'il vous plaît... Qu'est-ce qui s'est passé ?

Elle grimace de douleur et sa respiration devient saccadée.

– Vous avez suivi la camionnette, c'est bien ça ?
– Oui.
– D'où ?
– Shanghai Alley.

L'une des ruelles de service les plus sinistres de Chinatown. À moins de 500 mètres d'ici.

– Pourquoi ?

Nouveau silence.

Nouveau regard d'avertissement du docteur.

J'essaie vite de conclure.

– Faith... Pourquoi avez-vous suivi la camionnette ?
– À cause de ce qu'il y avait sur Shanghai Alley...
– À cause de quoi ?

Elle serre fort les yeux, comme un enfant qui cherche à chasser les images d'un mauvais rêve.

– À cause de l'homme... De l'homme couvert de sang qu'il y avait sur Shanghai Alley.

4.

CHINATOWN HERITAGE AREA
SHANGHAI ALLEY
00:18

Je glisse un talkie-walkie dans la poche arrière de mon jean et j'éjecte le chargeur de mon Beretta.
Je vérifie vite le contenu du bloc de métal.
Quinze balles.
Bien nettoyé.
Je l'enfonce de nouveau dans la crosse avec le plat de la main.
– À trois ?
Nick acquiesce et s'avance comme moi pour bien faire face à la ruelle.
Sale.
Étroite.
Un couloir de ténèbres qui s'étire entre deux murs de briques. Jonché de poubelles. Interrompu tous les quatre ou cinq mètres par une série d'escaliers de secours en métal.
Je jette un dernier coup d'œil vers l'unité du VPD garée derrière nous. Hors de vue. Comme celle à qui j'ai demandé de couvrir l'autre extrémité de la ruelle.

Puis j'appuie machinalement sur les bandes en Velcro de mon gilet pare-balles et je lève mon arme, torche électrique calée le long du canon. Enfin prête.

« Un... »

Je pose mon index sur la gâchette.

« Deux... »

Je maudis une fois de plus l'absence totale de lumière dans la ruelle.

« Trois... »

Je braque ma torche sur le rectangle de noir – Nick sur ma droite – et lentement, je m'engage sur Shanghai Alley.

Pas à pas.

Les yeux braqués sur ce que le faisceau de lumière blanche est en train de révéler.

Sacs-poubelles noirs.

Marches d'escaliers rouillées.

Lampadaires sans ampoule.

Exactement comme prévu.

J'entends du verre crisser sous mes pieds et je continue à progresser...

Toujours aussi lentement... Toujours aussi prudemment... Entièrement concentrée sur le rond de lumière qui virevolte devant moi.

Je sens mon cœur se mettre à battre de plus en plus vite dans ma poitrine... L'adrénaline se mettre à affecter de plus en plus ma perception des choses...

Et je peux soudain tout discerner avec une intensité effrayante.

La texture du bitume brillant de pluie… Le chuintement de papiers gras qui glissent sur le sol… L'air glacé qui raidit mes doigts…
Et brusquement, elles apparaissent.
Des traces de sang.
Fraîches.
Luisantes.
D'un rouge vif à faire vomir.
Je fais signe à Nick de me couvrir et j'essaie d'identifier la zone d'où elles proviennent.
Je m'avance vers une montagne de sacs-poubelles sur ma gauche… Tous mes sens en alerte… Et je m'arrête à quelques centimètres à peine d'une des parois de la ruelle en voyant les traces devenir de plus en plus importantes…
Je relève lentement le Beretta et la torche électrique…
La poitrine écrasée de tension…
Les yeux fixés sur le sol…
Et il est là.
Allongé sur la chaussée.
Un homme.
Les bras en croix.
Une flaque de sang sous la nuque.
Je le regarde pendant plusieurs secondes. Comme hypnotisée par ses pupilles fixes, par la rigidité de son corps, par son visage tellement tuméfié qu'on arrive à peine à deviner ses traits : asiatiques ; jeunes.
Je note vite l'absence d'arme près de lui.

Ses mains couvertes de plaies.

Et je fais de nouveau signe à Nick de me couvrir.

Je bascule la position du faisceau de ma torche et je me mets à explorer les quelques mètres qui entourent le corps.

Rien devant ni derrière. Du bitume taché de sang sur la droite. Je passe au mur qui s'étire sur la gauche.

Je fais glisser le rond de lumière sur les briques… Sur les marches d'un escalier de secours rouillé… Sur le poteau d'un lampadaire…

Et soudain, la silhouette d'un deuxième homme apparaît. Assis contre la paroi à quelques mètres à peine du premier.

Le visage couvert de sang.

– Police !! Mains en l'air !

L'homme ne bouge pas et Nick se joint à moi.

– Police ! Mains en l'air !

Toujours rien.

J'essaie d'enregistrer un maximum de détails.

Âge : 20-22 ans.

Origine : asiatique.

Blessures : plaies et contusions multiples.

État : apparemment inconscient.

Armes : aucune en vue.

À moi de décider.

Je jette un coup d'œil vers Nick et il comprend aussitôt ce que je m'apprête à faire.

Il ajuste autant que possible sa position de tir et je m'avance lentement vers l'homme.
Le plus prudemment possible.
Incapable d'établir à ce stade s'il s'agit d'un suspect ou d'une victime.
– Police !
Je ne vois ni mouvement de paupières, ni mouvement de doigts... Aucun signe qui pourrait indiquer qu'il est conscient... Juste un homme grièvement blessé, affaissé contre un mur.
Immobile.
Couvert de sang.
Et je change de mode.
– Couvre-moi.
Je m'accroupis près de lui et je pose ma torche électrique sur le sol.
J'entends Nick me lancer un « Kate ? » inquiet et je pose deux doigts sur le cou de l'homme, mon Beretta toujours dans la main droite.
Je sens un pouls.
Faible.
Beaucoup trop rapide.
Beaucoup trop irrégulier.
– Il est en vie. Mais de justesse...
– Tu veux que je m'en occupe ?
– Non. C'est bon.
J'attrape la paire de menottes accrochée à ma ceinture, et alors que je me penche sur la poitrine de

l'homme pour lui attacher les mains dans le dos, ses yeux s'ouvrent brusquement.

Brillants de haine.

Braqués sur moi.

– Kate !

Et avant que j'aie le temps de réagir, il m'attrape par le cou avec son bras gauche et me tire violemment vers lui.

D'un coup.

Avec une force inouïe.

J'essaie vite de m'écarter, de le repousser de toutes mes forces.

Mais son coude est comme un étau.

J'entends un « clic ».

Un bruit métallique.

Quelque chose qui se déverrouille sur ma gauche.

Et je sens une violente douleur dans l'estomac.

Je sais que Nick ne peut pas tirer, que mon corps est devant celui de mon agresseur, et j'essaie une nouvelle fois de m'extraire de l'étreinte mortelle dans laquelle je me suis fait prendre.

Pour rien.

Parce que l'homme s'écroule soudain devant moi.

– Kate !

Je n'hésite même pas. Je ne me demande même pas ce qui s'est passé. Je le plaque immédiatement de toutes mes forces sur le sol et je lui passe les menottes aux poignets.

En apnée.

Encore trop choquée pour pleinement comprendre ce qui vient de se passer.
— C'est bon ! Je l'ai.
Je sens le corps de Nick se coller contre le mien et je m'écarte en titubant.
Le souffle coupé.
— Kate ?
Nick me regarde fixement, un genou enfoncé dans le dos de mon agresseur.
— Ça va ?
J'écarte les pans de mon coupe-vent et je regarde le bas de mon gilet pare-balles.
Déchiré sur plusieurs centimètres. Mais pas transpercé.
— C'est bon... Ça n'a pas traversé...
Je cherche le « ça » du regard.
L'objet qu'il a essayé de me planter dans le ventre.
Et je le vois à mes pieds : un couteau aussi noir que la nuit. Lame et manche. Environ 20 centimètres de long.
— C'était quoi ?
— Un couteau.
— Enfoiré.
Nick plaque son avant-bras encore plus fort sur la nuque de l'homme.
— Tu es sûre que ça va ?
— Oui.
Je détache les lanières de mon gilet pare-balles pour essayer de retrouver une respiration plus normale et j'attrape mon talkie-walkie.

– Agent Kovacs. Feu vert. Je répète, feu vert. Déployez-vous sur Shanghai Alley. 911 et VPD. Nous avons besoin d'une ambulance et de plusieurs unités. Je répète. Une ambulance et plusieurs unités. Un mort et un blessé. Urgent.

J'entends des sirènes se mettre en marche…

Je vois plusieurs silhouettes s'approcher de nous en courant…

Et je braque de nouveau le faisceau de ma lampe sur l'homme qui vient de m'attaquer.

Sur son visage… Son corps… Ses poignets attachés dans le dos…

Et je remarque soudain deux choses.

Des marques de ligatures juste en dessous des bracelets en fer de ses menottes.

Et pire.

Bien pire.

Un idéogramme chinois tatoué à l'intérieur de son poignet gauche.

Rouge sang.

Le symbole de la TDR.

5.

CHINATOWN HERITAGE AREA
SHANGHAI ALLEY
00:44

– On y va…
Les médecins du 911 relèvent le brancard sur lequel notre suspect a été attaché et le transportent en courant vers leur ambulance.
En tout et pour tout, ils ont dû mettre cinq minutes pour stabiliser leur patient.
Je m'écarte du mur contre lequel je m'étais adossée pour reprendre mes esprits, plus furax que choquée par ce qui vient de se passer, et je me force à affronter la frénésie d'activité qui s'est emparée de la ruelle.
Plus le énième regard inquiet de Nick.
– Tu es sûre que ça va ?
– Oui.
Ses yeux se posent sur mon gilet pare-balles.
– Tu veux pas que les mecs du 911 vérifient ? Juste au cas où ?
– Non. Promis. Ça a tout arrêté.
Il hésite.

– Sauf la violence du coup.
– Je sais.
Je remonte vite la fermeture Éclair de mon coupe-vent et j'enchaîne.
– Tu as bien pris l'homme au tatouage en photo ?
– Affirmatif. Qualité pourrie mais c'est mieux que rien en attendant.
J'attrape l'appareil numérique qu'il me tend et je m'accroupis près du corps allongé sur la chaussée, maintenant éclairé par l'un des projecteurs que la première équipe d'experts scientifiques a placés sur les lieux.
Corps musclé, encore impressionnant, même post-mortem. 1,80-1,85 m. Épaules carrées. Mains larges. Pantalon noir, T-shirt gris, chaussures de sport. Aucun tatouage sur le poignet.
– Kate ?
Je me retourne et David Ho apparaît dans mon champ de vision.
30-35 ans. Pull à col roulé noir assorti d'un jean et de petites lunettes en métal. Un homme dont l'attitude est aussi sobre que la façon dont il s'habille.
– Je suis arrivé dès que j'ai pu...
Je me redresse et après le chaos des dernières minutes, le calme et le ton posé du responsable de la DCOA semblent presque surréalistes. Déplacés.
– Merci d'être venu.
Je lui serre la main et il enchaîne sans perdre une seconde.

– Le suspect abattu sur le carrefour est bien Feng Huaren. Membre présumé de la TDR. Je l'ai identifié personnellement.
– Aucun doute ?
– Aucun. Le sergent O'Brien avait aussi raison en ce qui concerne Qian Shaozu : il y a effectivement neuf chances sur dix qu'il ait lui aussi participé à la fusillade. C'est leur mode opératoire.
Il balaie la ruelle du regard.
– Vous avez trouvé quoi ici ?
– Un mort et un blessé.
– Liés à l'autre scène de crime ?
– Apparemment.
– Je peux ?
– Bien sûr.
Il s'accroupit près du corps allongé à mes pieds et le regarde sans le toucher.
– Tu le connais ?
Il me répond en secouant la tête.
– Non. Jamais vu.
Puis il se relève et jette un dernier coup d'œil vers l'homme avant de me refaire face.
– Il était déjà mort quand vous êtes arrivés ?
– Oui. Et depuis un bon moment. Son corps était glacé.
– Tabassé et exécuté…
– Aussi le mode opératoire de la TDR ?
– Affirmatif. Et l'autre ? Le blessé ?

– Également tabassé et apparemment sous l'effet de narcotiques. Genre stimulants.

Je lui montre une photo de l'homme en question sur l'écran de mon appareil numérique.

– Tu as déjà eu affaire à lui ?
– Non. Jamais vu non plus.
– Tu es sûr ?
– Oui. Autant qu'on puisse l'être à partir d'une photo pareille.

Je sélectionne un nouveau cliché – un gros plan du tatouage que l'homme avait sur le poignet – et David réagit au quart de tour.

– Le blessé avait ça sur le corps ?
– Oui.
– Tu sais bien sûr ce que ça veut dire ?
– Oui. Qu'on vient d'arrêter un membre de la TDR.

6.

CHINATOWN PLAZA
180 KEEFER STREET
01:02

Quand j'arrive pour la deuxième fois devant le Chinatown Plaza, les choses ont déjà beaucoup changé. Les véhicules d'urgence ont été remplacés par des camionnettes de morgue et les médecins par une armée d'experts scientifiques.
Ce n'est plus une scène à vif. C'est un endroit rempli d'indices matériels et de corps sans vie qui attendent d'être photographiés, étudiés, catalogués. Un endroit comme résigné à la réalité de sa situation.

Je commence par m'assurer que Connie a bien remarqué ma présence – affirmatif – puis je me dirige vers Keefe, accroupi devant le capot de la voiture de patrouille E72. Portières avant toujours ouvertes.
– Premières conclusions ?
– Que c'est un vrai miracle que le second officier s'en soit sorti…
Il me montre les impacts de balles qui ont transpercé la tôle, d'une extrémité à l'autre du véhicule.
– Tous les projectiles ont traversé. Tirés en rafale.

Je regarde les douilles éparpillées sur le sol à l'arrière de la camionnette, déjà cataloguées grâce à de petites cartes numérotées.
– On n'a pas encore retrouvé toutes les balles mais…
Il me montre des traces de sang sur l'un des montants de la portière, puis sur des bris de verre posés à nos pieds.
– Au moins une d'entre elles a dû toucher le sergent Donovan…
– Autre chose ?
– Non, pas encore.
Il hésite.
– Tout est OK côté Shanghai Alley ?
– Oui. J'ai laissé Nick avec David Ho et je leur ai demandé de faire équipe. J'aimerais qu'on se retrouve tous au bureau, dès que les choses se seront un peu calmées. Probablement vers les 08:00.
– Pas de problème. Envoie-moi un message pour me confirmer l'heure.
– Et de ton côté…
– Je t'appelle si j'ai du nouveau.
– Merci.
Il se remet à étudier le véhicule et je traverse le carrefour pour rejoindre Connie, en train d'examiner le corps de Feng Huaren.
– Kate…
Elle me fait signe de m'accroupir près d'elle. Et pour la première fois, je peux voir le visage de l'homme…
25-30 ans.

Asiatique.
Le corps allongé dans une mare de sang.
– Il a été tué de trois balles dans la poitrine… Connie me montre les trois points d'impact, regroupés dans la région du cœur, et continue.
– Traumatisme majeur de la partie supérieure de la cage thoracique. Aucune des balles n'a traversé.
– Il a ouvert le feu ?
– Apparemment oui. Il y avait un pistolet semi-automatique H & K et deux douilles juste à côté de lui. La patrouille qui est arrivée en premier sur les lieux a emballé l'arme afin que les médecins du 911 puissent faire leur travail sans danger.
Je remarque une paire de gants en cuir noirs posée à environ un mètre du corps.
– Ce sont les siens ?
– Oui. Encore des indices déplacés. Cette fois-ci par l'équipe du 911. Ce qui risque de nous poser pas mal de problèmes…
Elle pointe son index vers le sol et je comprends immédiatement ce dont elle veut parler.
– Le carrefour est couvert de traces de boue, plus ou moins épaisses selon les endroits. Je dirais qu'elles viennent du parc, juste là… Ajoute à ça un bitume encore saturé de pluie, et on parle d'indices contaminés de façon majeure.
– Tu as eu le temps de jeter un coup d'œil à la camionnette ?

– Non. Pas encore. C'est en numéro trois sur ma liste.
Je regarde le corps d'Alec Colson allongé devant nous. Toujours couvert d'un drap blanc. Taché de sang.
– C'est ton numéro deux ?
Elle me répond en gardant les yeux fixés sur la poitrine de Feng Huaren.
– Oui.
– OK...
Je me relève et j'essaie de contrôler l'appréhension que je ressens soudain. Pas uniquement à l'idée de voir pour la première fois le corps du sergent Colson, mais aussi à celle de le faire sous les yeux des dizaines de personnes qui nous entourent. Des personnes qui semblent avoir tout fait pour ne pas avoir à s'en approcher.

Je tire un peu les épaules en arrière et je commence à parcourir les quelques mètres qui me séparent de la silhouette allongée sur le sol.

Autour de moi, je sens le niveau d'activité se mettre à baisser de plusieurs degrés.

Le photographe arrête d'utiliser son flash... Les sergents O'Brien et Yung se figent devant leur voiture de patrouille...

Comme si je m'apprêtais à faire quelque chose de tabou.

Je vois la forme du corps se définir avec plus de précision dans mon champ de vision...

J'essaie de bloquer la lumière des gyrophares, les voix qui murmurent autour de moi...
Et quand je m'accroupis près de ce qu'il reste du sergent Colson, c'est comme si j'étais seule avec lui.
Je soulève l'angle du drap qui recouvre son visage et je repose le triangle de tissu sur sa hanche.
Puis je le regarde pour la première fois.
35-40 ans.
Un visage qui n'a pas eu le temps d'être déformé par la peur ou la douleur.
Des cheveux noirs.
Une mâchoire carrée.
Et des yeux ouverts.
Verts.
Fixés sur le ciel de nuit qui nous écrase.
Je résiste à l'envie de baisser ses paupières et je me concentre sur les deux impacts de balles qui ont causé sa mort.
Immanquables.
Serrés sur le côté gauche de sa poitrine.
Enfoncés dans les couches de Kevlar de son gilet pare-balles qui ne l'ont pas protégé.
Je note le peu de sang qu'il y a autour de lui et le point d'entrée des deux projectiles bien défini, puis je repose le drap sur son visage. Et alors que je m'apprête à me redresser, je remarque sa main gauche posée à mes pieds.
Et l'alliance qu'il y a dessus.

Je sors mon portable et je compose le numéro du Central.
– Agent Kovacs, CSU. Chinatown Plaza. Vous avez prévenu la famille du sergent Colson ?
Il y a un long silence.
Suivi par une réponse un peu gênée.
– Non… Nous attendions que vous confirmiez officiellement son décès.
Et pendant les quelques secondes qui suivent, je ne vois plus que la fine bande de métal briller sur le bitume.

7.

MAISON DE LA FAMILLE COLSON
34 WOODLAND DRIVE
02:08

Je me gare devant l'un des pavillons du quartier de Grandview – l'une des zones résidentielles qui quadrillent la banlieue sud de Vancouver – et je jette un coup d'œil dans le rétroviseur pour m'assurer que l'unité de patrouille que j'ai réquisitionnée pour l'occasion est bien arrêtée derrière moi ; tous feux éteints.

Puis je sors le petit bout de papier sur lequel j'ai écrit le numéro de téléphone de la famille Colson et je regarde une dernière fois la silhouette du bâtiment qui se découpe devant moi.

Sombre.

Silencieux.

Entouré d'un grand jardin sur lequel trônent fièrement deux balançoires et un toboggan ; placés bien en évidence comme ces autocollants « Bébé à bord » qui révèlent la présence d'un enfant à l'intérieur d'une voiture.

Je repense aux informations que le Central vient de me donner – sergent Alec Colson, 36 ans. Marié. Deux enfants, 4 et 6 ans – et je me force à composer le numéro.

J'entends une première sonnerie résonner…
Puis une deuxième…
Brusquement interrompue par un « Allô ? » inquiet.
– Madame Colson ?
– Oui ?
Je vois une fenêtre s'allumer au deuxième étage et je me lance. Avec la résignation de quelqu'un sur le point de bouleverser l'existence d'une famille entière.
– Mon nom est Kate Kovacs. Je travaille pour la police de Van…
– Qu'est-ce qui s'est passé ? Qu'est-ce qui est arrivé à Alec ?

Une deuxième fenêtre s'allume, juste à côté de la première, comme si la panique de la femme que j'ai au bout du fil était en train de se répandre physiquement de pièce en pièce.
– Madame Colson… Est-ce que je peux venir vous parler ? Je suis garée juste devant chez vous…

Deux autres fenêtres s'allument et je sors vite de la voiture.
– Madame Colson ?

Je traverse la rue, portable collé contre l'oreille, et je fais signe aux deux officiers du VPD de me suivre.
– … Vous pouvez m'ouvrir ?

Je m'engage sur le petit chemin qui mène à l'entrée du bâtiment et je vois soudain une femme apparaître sur le pas de la porte devant moi.
La trentaine.
Pieds nus.
Robe de chambre.
Le regard rempli d'une peur animale, viscérale ; difficile à soutenir.
– Madame Colson ?
Elle semble noter pour la première fois la présence des deux officiers en uniforme plantés juste derrière moi et c'est tout ce qu'il lui faut.
Elle attrape le chambranle de la porte à pleines mains et se penche vers l'avant.
– Madame Colson, s'il vous plaît...
Je m'avance vers elle pour la soutenir, pour essayer de la guider vers un endroit où elle pourra s'asseoir.
En vain.
Elle s'arrête au milieu de son hall d'entrée et me regarde droit dans les yeux.
– Qu'est-ce qui s'est passé ? Qu'est-ce qui est arrivé à mon mari ?
Sa voix est à peine audible.
Rauque.
Cassée.
Déformée par l'angoisse et la peur.
Je balaie vite du regard les deux couloirs qui donnent sur l'entrée, pétrifiée à l'idée que ses enfants

puissent se réveiller et apprendre ainsi la mort de leur père.

Et j'enchaîne ; le corps rigide de tension.

– Madame Colson, j'ai le regret de vous annoncer que votre mari vient de perdre la vie dans l'exercice de ses fonctions.

Elle me regarde pendant un long moment.

Sans rien dire.

Puis elle se plaque contre l'un des murs de la pièce et se laisse lentement glisser vers le sol, une main posée sur le visage.

Comme pour se protéger de mes paroles.

Pour s'assurer que le cri muet qu'elle est en train de pousser ne réveille personne.

Et elle se met à pleurer.

8.

VANCOUVER GENERAL HOSPITAL
899 WEST 12TH AVENUE
04:10

– Agent Kovacs, CSU.
Je montre ma plaque au médecin de garde des urgences et j'essaie de changer de mode. De passer de l'univers peuplé de regards hantés que je viens de quitter à celui, beaucoup plus clinique, d'hommes comme le médecin planté devant moi.
Deux bons mètres de nonchalance et de maigreur que même des épaules voûtées n'arrivent pas à ramener à une hauteur un peu plus passe-partout. Un nom indien de plusieurs syllabes, imprimé en lettres beaucoup plus petites que la normale pour arriver à rentrer dans le rectangle de son badge.
– C'est bien vous qui avez traité le jeune homme qui a été amené ici ? Environ 01:00 du matin ? Blessures multiples, possible état d'intoxication, escorté par deux officiers du VPD ?
– Oui.

– Vous pouvez me donner quelques informations sur son état ?

– Naturellement. Suivez-moi...

Il m'entraîne dans une des salles du personnel et commence par poser la main sur une cafetière. Puis, apparemment satisfait de sa tiédeur, attrape une des tasses posées un peu partout à travers la pièce.

– Vous en voulez un ?

– Non merci.

Il se sert une bonne rasade de café et l'avale d'un trait. Comme si le but de l'exercice était d'absorber un maximum de caféine en un minimum de temps. Peu importe la qualité de la boisson en question.

Puis il se lance enfin.

– Quand il est arrivé ici, votre « suspect » était à deux doigts d'un accident cardio-vasculaire majeur. Tension artérielle record. Cœur à 180. Capacité pulmonaire quasi nulle.

– On parle bien de la même personne ? Un jeune d'environ 20-22 ans ? D'origine asiatique ?

– Oui.

– Vous savez ce qui a pu le faire réagir de la sorte ?

– Oui et non... J'attends encore les résultats toxico, mais je dirais qu'il était sous l'effet de puissants stimulants. Pupilles dilatées. Pouls irrégulier. Couvert de transpiration... Tous les signes étaient là.

– Vous pensez qu'il s'agit de quel type de produit ?

– Amphétamines... Méthamphétamines... Quelque chose de ce genre. Probablement pris à très fortes doses.
– Assez pour affecter de façon significative son comportement ?
– Oui. Et pour le tuer. S'il n'avait pas été en aussi bonne santé, son corps aurait probablement lâché avant d'arriver ici.
La liste des effets classiques de ce type de drogue se met à défiler dans mon esprit : hallucinations, paranoïa, réactions imprévisibles...
– Vous avez une idée du temps qu'il a pu passer dans cet état ?
– Non. Pas de façon précise, mais je dirais plusieurs heures. Voire plusieurs jours.
– On ne parle donc pas d'une seule dose ?
– Non.
Le docteur regarde machinalement l'écran de son beeper et continue.
– Enfin, côté blessures, la liste est plutôt longue...
Il attrape l'une des feuilles d'admission posées près de lui.
– Deux côtes fêlées. Hématomes et lacérations sur le torse, le visage et les mains... Plaie au niveau du coude gauche. Fracture de l'os orbital droit.
– Vous pensez que ces blessures sont dues à quoi ?
– À des coups portés avec une violence extrême.
– Il a repris connaissance ?

– Non. Et il n'est pas près de le faire.
– Qu'est-ce que vous voulez dire par là ?
– Qu'il lui faudra au moins 24 heures avant de retrouver un état plus ou moins normal. Voire plus. Il est actuellement dans l'aile haute sécurité. Sous coma médical.

Il me fait bien comprendre que le sujet n'est pas ouvert à discussion.

– OK… Vous pouvez m'appeler dès qu'on pourra lui parler ?
– Bien sûr.

Je lui tends ma carte et, en sentant mon portable vibrer pour la troisième fois depuis le début de notre conversation, je décide de faire une petite pause pour vérifier mes appels.

– Vous pouvez me donner deux minutes ?
– Allez-y…

Il profite de l'occasion pour se resservir une tasse de café et j'écoute les messages qu'on m'a laissés.

« 1) Kovacs. C'est Delgado. Il est 04:12. Je suis dans mon bureau pour environ une demi-heure. Si tu veux avoir un premier bilan de ce qu'on a trouvé, tu peux me rappeler au 875-4111, poste 302. Ou passer directement me voir. »

« 2) Kate, c'est Connie. Je viens de quitter le carrefour pour m'occuper de la balistique avec Johnson. Si tu as besoin de moi, je serai au labo d'ici une vingtaine de minutes. À partir de 04:30 – 04:45. »

« 3) Nick. On a trouvé des traces de sang sur le portail du parc Livingstone. Pas encore sûr si elles sont récentes ou non. On te tient au courant. »
Je raccroche et je me reconcentre sur mon interlocuteur.
– Désolée.
– C'est bon.
Je reprends le fil de notre conversation avec difficulté, partagée entre l'envie de rejoindre Delgado au plus vite et celle de poser quelques questions sur l'état de santé de Faith Donovan.
– C'est aussi vous qui avez pris en charge le sergent Donovan ?
– Oui. Façon de parler... Les médecins du 911 avaient déjà quasiment tout fait. J'ai vérifié que les deux lacérations qu'elle avait sur le cou étaient bien nettoyées et j'ai changé les deux pansements. Et c'est tout. Elle n'avait même pas besoin de points de suture.
– Vous ne lui avez rien donné ? Analgésiques ? Calmants ?
– Non. Elle a tout refusé. En bloc.
– Y compris quand vous l'avez traitée ?
– Oui.
– Vous savez pourquoi ?
– Non.
– Mais vous avez bien pu faire un prélèvement de sang sur elle ? Standard ? Dépistage alcool et drogue ?
– Oui. Je vous contacte dès qu'on a les résultats.

– Je peux lui parler ?

Le docteur soupire et me répond d'une voix lasse.

– Cela ne dépend plus de moi.

– Pardon ?

– Elle est déjà rentrée chez elle.

Il lit de suite la contrariété sur mon visage.

– Je sais… Nous aurions dû la garder en observation, ne serait-ce que pour la nuit. Elle était en état de choc, et il y a toujours un risque dans des situations comme ça… Mais vu que ses blessures physiques étaient mineures, on ne pouvait pas faire grand-chose pour la retenir ici contre son gré. Elle a signé tous les papiers. Son mari est venu la chercher. Et ils sont repartis ensemble.

– Elle était toujours en état de choc quand elle a quitté votre service ?

J'ai du mal à contrôler ma contrariété.

– Oui et non.

– Qu'est-ce que vous voulez dire par là ?

– Que quand son mari est arrivé, son attitude a changé du tout au tout. Elle a immédiatement pris sur elle. Elle a souri. Elle lui a parlé. Elle a essayé de le rassurer. Bien sûr, vous savez comme moi que ça ne change en rien la nature du traumatisme psychologique profond qu'elle a subi, et tous les problèmes qu'il risque d'entraîner dans les jours et les semaines qui viennent.

– Choc post-traumatique.

– Entre autres.

– Vous savez si elle a parlé à quelqu'un de ce qui s'était passé ?
– Non. En tout cas, ni à moi, ni à son mari. Ce qui n'est guère surprenant vu l'état dans lequel se trouvait M. Donovan quand il est arrivé...
Il enchaîne sans que j'aie à lui poser de question.
– Disons que si quelqu'un m'avait appelé en pleine nuit pour m'annoncer que ma femme venait d'être amenée aux urgences après avoir échappé de justesse à une fusillade, j'aurais probablement été de la même humeur que lui.
– Qui était ?
– Un mélange de colère et de peur. D'où le comportement de son épouse...
– Vous savez si quelqu'un l'a mise en contact avec un psy ? De votre côté ou du mien ?
– Non. Pas à ma connaissance. Et je ne sais pas si son état psychique fait partie ou non de votre dossier, mais si j'étais vous, je m'assurerais qu'elle reçoive toute l'aide dont elle a besoin. Le plus vite possible. Plus elle attend, plus le risque qu'elle développe de réels problèmes augmente.
– Je m'en occupe.
Je regarde de nouveau ma montre.
– Je peux voir notre suspect ? Même deux minutes ?
– Si vous voulez... Mais encore une fois, il est inconscient. Et vos collègues sont déjà passés pour prélever sur lui tous les échantillons dont ils avaient besoin. Ce

n'est pas comme si nous n'avions pas entièrement collaboré avec vous et votre équipe.
— Je sais. Merci. Je ne serai pas longue.

Je lui serre la main et je sors de la pièce. Contrariée d'avoir donné l'impression pour la deuxième fois en quelques heures à peine que l'avancement de mon enquête était plus important que l'état d'un patient.

Je traverse le bloc haute sécurité de l'hôpital et je montre ma plaque aux deux officiers postés devant la chambre X04 — une salle aux fenêtres grillagées dans laquelle sont gardées les personnes à plus hauts risques.

Puis je pousse la porte et je m'avance vers l'homme allongé au milieu de la pièce.

Entravé à son lit avec des lanières en cuir qui lui serrent les poignets… Relié à une perfusion et un moniteur cardiaque…

Et je suis tétanisée.

Je sais qu'il est inconscient, que son corps essaie désespérément de lutter contre le flot de produits chimiques en train de couler dans ses veines.

Mais cela ne change rien à rien.

Je suis debout, à son chevet, le cœur dans la gorge.

Incapable de noter quoi que ce soit de plus sur son apparence. Paralysée à l'idée qu'il puisse se relever brusquement et m'attraper de nouveau dans une étreinte mortelle.

9.

VANCOUVER GENERAL HOSPITAL
899 WEST 12TH AVENUE
04:41

Je pousse la porte à double battant de la morgue du VGH et en un éclair l'odeur d'hôpital qui planait sur le reste du bâtiment se transforme brusquement en quelque chose de beaucoup plus acide. Un mélange de particules chimiques et organiques qui vous donne une vague envie de vous racler la gorge, de ne respirer que quand cela devient absolument nécessaire.

Je longe la salle d'autopsie – trois corps allongés sur des tables en métal, entourés de personnel en blouses bleues – et je continue mon chemin, la tête pleine d'images d'incisions et de chairs mutilées.

Puis j'arrive devant la porte entrouverte du bureau d'Eric Delgado, et son sourire de latino qui s'ajoute à l'atmosphère chaleureuse de la pièce est un vrai soulagement après le halo verdâtre des néons du couloir.

– Kovacs... Entre...

Il me fait signe de m'asseoir de l'autre côté d'un bureau couvert de documents et de rapports en tous

genres, et je remarque le petit cadre posé près de son ordinateur. Une photo où on le voit enlacé avec une jeune femme – la trentaine, comme lui. Posé à quelques millimètres à peine d'une série de clichés d'autopsie.
– Tu as bien reçu mon message ?
– Oui. C'est toujours OK pour toi ?
– Affirmatif. J'imagine que tu as besoin d'un maximum d'infos en un minimum de temps ?
– Si possible.
Il se déplie dans son siège pour bien me faire face.
– OK… Avant d'aller plus loin, il me faut bien insister sur le fait que tout ce que je m'apprête à te dire n'est basé que sur les *premiers* résultats d'autopsies que nous n'avons pas encore terminées… Qu'il ne s'agit que de résultats préliminaires.
– Bien compris.
Il ouvre un dossier et fait pivoter l'écran de son ordinateur pour que je puisse le voir.
– Nous avons donc trois victimes : Alec Colson, Feng Huaren et « l'homme de la ruelle », alias John Doe. Un homme que vous n'avez toujours pas identifié, exact ?
– Exact.
Il tape sur son clavier et des photos des trois hommes apparaissent, prises peu avant ou pendant leur autopsie.
– Victime numéro 1 : Alec Colson. Abattu de deux balles tirées à bout portant dans la poitrine. L'une a traversé son cœur, l'autre a sectionné sa colonne verté-

brale au niveau des vertèbres T4 et T5. Selon toute vraisemblance, il est mort sur le coup. Et dans tous les cas de figure, ces deux blessures étaient mortelles. Il n'avait aucune chance de s'en sortir.

Il bouge son curseur pour agrandir la photo de Feng Huaren.

– Victime numéro 2 : votre principal suspect, qui a lui aussi été abattu de plusieurs balles dans la poitrine. Trois pour être exact, tirées de beaucoup plus loin que celles qui ont tué Alec Colson, mais de façon aussi serrée. Elles se sont toutes logées autour de son cœur. Il a probablement survécu pendant quelques minutes, voire plus, mais comme pour le sergent Colson, ses blessures étaient fatales. Enfin, victime numéro 3. Le John Doe[1]...

Il sélectionne la photo de l'homme retrouvé mort dans la ruelle.

– En ce qui le concerne, nous avons affaire à deux catégories de blessures bien différentes... Il a été à la fois roué de coups – de façon particulièrement violente – et abattu d'une balle dans la nuque tirée à bout portant. Style exécution. Quant aux blessures de la première catégorie, elles sont nombreuses et importantes. Fractures de plusieurs phalanges, côtes cassées, mâchoire disloquée et des dizaines de contusions et

---

1. Nom donné aux individus non identifiés.

hématomes sur le corps. À ce stade, je dirais qu'il était inconscient voire déjà mort, quand il a été exécuté.
– Pourquoi ?
– Parce qu'il a été tabassé avant d'être abattu, et que les deux types de blessures dont il souffrait étaient potentiellement mortelles. L'un des hématomes les plus importants qu'on a retrouvés pour l'instant se situe sur sa tempe gauche, et il y a de fortes chances que l'autopsie, une fois terminée, révèle une rupture d'anévrisme à ce niveau.
– Vous savez combien de temps sépare passage à tabac et exécution ?
– Non. Pas encore. Mais je dirais dans les 30-40 minutes.

Il affiche une nouvelle série d'images sur son écran. Six balles, déformées par des impacts de forces et de types différents.

– Je ne suis pas expert en balistique, mais je dirais que toutes les balles qu'on a retrouvées sont de calibre 9 mm. Je les ai déjà envoyées au labo du VPD, ainsi que les différents prélèvements qu'on a faits sur les trois corps. Au vu des dégâts qu'elles ont provoqués, je dirais que les balles qui ont tué Alec Colson et le John Doe étaient des balles blindées : trajectoire rectiligne, pénétration extrême. Et que celles qui ont tué Feng Huaren étaient des balles à tête creuse : explosion du projectile au contact du corps, destruction majeure autour de la zone d'impact.

Sur l'écran, les photos des six projectiles sont remplacées par celle d'un gilet pare-balles standard du VPD.
– J'ai aussi envoyé tout ce que les trois hommes portaient sur eux au labo. Y compris ça…
Il fixe comme moi le gilet bleu marine.
Et les taches de sang qui recouvrent le mot *Police*.
– C'est à eux de voir, mais je dirais qu'il faut un certain type de balle pour traverser plusieurs couches de Kevlar comme celles-là…
– Des balles blindées, et renforcées.
– C'est aussi ce que je me disais…
Il me tend un dossier rempli de photos et d'informations sur les trois victimes.
– Je t'ai mis tout ce qu'on a pour l'instant là-dedans…
Je cherche vite les pages qui se rapportent à Feng Huaren.
– Aucun tatouage sur les corps des deux Asiatiques ?
– Non.
– Autres signes distinctifs ?
– Oui.
Il sélectionne une nouvelle photo sur son écran.
– Une cicatrice. Sur le mort de Shanghai Alley.
Je regarde attentivement le cliché.
– Environ 20 centimètres de long, sur l'abdomen.
Une cicatrice chirurgicale qui remonte à plusieurs années. On n'a pas encore fini l'examen interne qui permettra d'établir de quel type d'opération il s'agis-

sait, mais c'était probablement quelque chose d'assez important vu la taille de l'incision. Autre détail important : la façon dont les points ont été placés qui indique que les conditions de l'intervention étaient loin d'être idéales. On parle ici d'une technique de base qu'on n'utilise plus ici depuis au moins vingt ans. Le chirurgien ou la personne qui a recousu la plaie n'a pas essayé de fignoler. C'est du solide. Fil plutôt gros. Points doublés.

– Théories ?

– Soit le John Doe vient d'un pays moins développé que le Canada, soit il n'a pas été traité dans un hôpital. Mais vu la taille que devait faire la plaie, je penche plutôt pour la première hypothèse.

– Âge ?

– Difficile à dire… Mais probablement dans les 20-25 ans.

Il fait une petite pause avant d'enchaîner.

– Il y a autre chose que tu dois savoir…

Ses yeux se posent sur ses mains et j'attends qu'il continue. Inquiète.

– La deuxième victime de la fusillade, Feng Huaren, a aussi reçu des coups. Sur le torse et le visage.

– Comme l'homme de la ruelle ?

– Non. Beaucoup moins. Et pas au même moment.

Il hésite de nouveau.

– Il a été frappé juste avant ou *après* avoir été abattu. Pas longtemps avant.

– Tu veux dire, sur le carrefour ?
– Oui. Ou dans la ruelle... En tout cas, quelques minutes avant, ou après sa mort. Je refuse comme lui de verbaliser ce que cela peut impliquer au vu des personnes qui se trouvaient sur le carrefour après la fusillade.
– Vous avez réussi à établir de quel type de coups il s'agissait ?
– Non. Mais nous n'avons retrouvé aucune trace de type crampons, barre de fer, etc. À ce stade, je dirais que lui et le mort de la ruelle ont tous les deux été frappés à mains nues.
– Avec la même force ?
– À peu près.
– Les coups que Feng Huaren a reçus ont-ils contribué à sa mort ?
– Probablement non, mais encore une fois...
– Il ne s'agit que de résultats préliminaires.

Il sourit et je le remercie de nouveau. Impatiente de voir ce que Connie a trouvé de son côté.

10.

COMMISSARIAT CENTRAL DU VPD
2120 CAMBIE STREET
06:10

J'entre dans la section balistique du labo du VPD – un autre sous-sol, un autre endroit dans lequel s'activent jour et nuit des dizaines d'experts scientifiques – et je m'avance vers les deux silhouettes penchées sur l'une des tables en Plexiglas.

Connie, rigide de professionnalisme, même à 06:00 du matin. Derek Johnson, décontracté, vêtu d'un pull à motifs géométriques élimé qui ferait probablement fureur dans un labo de physique nucléaire.

– Du nouveau ?

Ils se redressent immédiatement en me voyant, comme si ma présence méritait qu'on se mette au garde-à-vous. Et c'est Connie qui me répond en premier.

– Oui. Tu veux un rapport bref ou détaillé ?

– Détaillé. Si vous avez le temps.

Johnson se détend un peu. Mais pas Connie.

– OK...

Elle me montre une série d'armes étalées devant eux, toutes scellées dans des sacs plastique transparents.

– Comme tu peux le voir, nous avons affaire à quatre armes à feu : trois pistolets semi-automatiques – deux Glock et un H & K – et un fusil d'assaut MP5, lui aussi de marque Heckler & Koch.

Elle me donne quelques instants avant de reprendre. Assez pour que je puisse bien observer les armes en question : trois pistolets similaires au mien, dominés par le monstre de métal qu'est le MP5.

– Nous avons aussi une arme blanche. Un couteau à cran d'arrêt, modèle Raptor, fabriqué par une compagnie italienne : AB Coltellerie.

Elle enchaîne vite.

– Le bilan des balles tirées sur le carrefour du Chinatown Plaza et sur Shanghai Alley se répartit comme suit : six balles ont été tirées avec le Glock du sergent Donovan, aucune avec celui du sergent Colson et trois avec le pistolet H & K. Le chargeur du MP5 retrouvé dans la camionnette était encore plein, mais il y avait un total de quatorze douilles et balles supplémentaires sur le carrefour ; des projectiles qui correspondent au type qu'on peut tirer avec ce genre de fusil. Résultat : il nous manque une arme. Probablement un autre fusil MP5.

– Calibre ?

– Toutes les balles qu'on a retrouvées étaient de calibre 9 mm. Ce qui ne nous a guère facilité la tâche...

Elle se retourne et passe la parole à Johnson.

— Nous n'avons pour l'instant aucun résultat définitif, mais selon nos premiers tests, les projectiles peuvent se diviser en deux grandes catégories : les balles du pistolet H & K sont des balles blindées, renforcées de Téflon, illégales au Canada... Et toutes les autres sont des balles à tête creuse. Quant aux trajectoires, voilà où on en est...

Il fait glisser un plan du carrefour du Chinatown Plaza et de Shanghai Alley devant moi, couvert de symboles.

Silhouettes noires : victimes.

Croix rouges : balles.

Croix bleues : douilles.

Lignes vertes : trajectoires de tir.

Rectangles gris : véhicules.

— Les deux balles qui ont tué le sergent Colson ont été tirées par le pistolet H & K, tout comme la balle retrouvée dans la nuque de la victime de Shanghai Alley. Les trois balles que Feng Huaren a reçues dans la poitrine proviennent du Glock du sergent Donovan, avec lequel trois coups supplémentaires ont été tirés, qui n'ont atteint personne.

— On en est sûr ?

— Oui. Aucune de ces trois balles n'était tachée de sang, ou contaminée par des fibres artificielles ou naturelles.

Mauvaise nouvelle pour les traces sur le portail.

– Quant aux balles qui ont criblé la voiture de patrouille, elles proviennent toutes de la même arme : celle qui n'a pas été retrouvée.
– Ce sont certaines de ces balles qui ont blessé le sergent Donovan ?
– On pense. Deux d'entre elles étaient tachées de sang, mais on n'a pas encore les résultats d'ADN pour pouvoir le confirmer. Et si c'est bien le cas, le sergent Donovan revient de loin...
Je repense à la position des deux lacérations que la jeune femme avait sur le cou.
Deux blessures fatales à quelques millimètres près.
– Quant au couteau...
Johnson s'arrête et repasse vite la parole à Connie, comme si elle était plus apte à me donner les informations qui concernent l'arme en question.
– C'est une arme particulièrement dangereuse. La lame et le manche sont en Téflon renforcé et la couleur noire des deux éléments rend l'objet très difficile à repérer, surtout la nuit. Le mécanisme est simple : pression – et la lame s'éjecte du manche. La forme incurvée est conçue pour optimiser tout angle de pénétration et augmenter la gravité des blessures infligées. À la fois au niveau des tissus dermiques et de tout organe interne. Ouvert, le couteau fait 23 centimètres ; dont 12 de lame.
Elle lève les yeux et fait une petite pause avant de continuer.

– Si ton gilet pare-balles n'avait pas eu un niveau de protection IIIA, mais IIA comme ceux de Colson et Donovan, le coup aurait transpercé.

Je regarde fixement la lame dépliée. Douze centimètres de métal qui auraient pu s'enfoncer dans mon corps.

J'enchaîne.

– Vous avez eu le temps d'examiner chaque arme ? Empreintes digitales, traces d'ADN, état du mécanisme ?

C'est Johnson qui reprend.

– Oui. Mais toujours de façon préliminaire. Le mot du jour.

– Toutes les empreintes relevées sur le pistolet H & K et le couteau appartiennent au suspect de la ruelle. Aucune n'a été retrouvée sur le MP5.

– Le suspect de la ruelle a tenu le pistolet H & K retrouvé près de Feng Huaren ?

– Oui. Ses empreintes apparaissent clairement dessus.

– Et il n'y avait aucune empreinte appartenant à Feng Huaren sur le pistolet en question ?

– Non. Mais il portait des gants, ce qui peut facilement expliquer la chose… Quant au Glock du sergent Donovan, nous avons retrouvé deux types d'empreintes dessus : les siennes et celles du sergent O'Brien. C'est bien lui qui l'a «désarmée» après la fusillade ?

– Oui. En tout cas, c'est ce qu'il nous a dit…

– Eh bien, la position des empreintes qu'il a laissées sur l'arme le confirme. Pouce et index sur le canon. Aucune empreinte sur la crosse.

Johnson regarde le pistolet H & K et fait une petite grimace avant de reprendre.

– On a aussi un problème de taille…

Il fait glisser une série de photos du carrefour dans ma direction.

– La zone sur laquelle l'arme a été retrouvée était couverte d'une pellicule de boue, plus ou moins importante selon les endroits. Résultat : et l'arme et les gants que portait Feng Huaren ont été contaminés.

– De quelle façon ?

– Quand on l'a retrouvée, l'arme était enrayée – a priori au contact de la boue qui se trouvait sur le sol. Quelque chose qu'il nous faut encore confirmer. Quant aux gants que portait Feng Huaren, ils étaient posés à côté de lui. On a vérifié avec les médecins qui l'ont traité. Et c'est bien eux qui les ont enlevés en arrivant.

– Vous les avez analysés pour résidus de poudre ?

– Oui, et pour l'instant, la quantité est microscopique. Insuffisante pour prouver quoi que ce soit. On va essayer d'extrapoler à partir du type de contamination qu'ils ont subi, mais cela va prendre du temps…

– Des traces de poudre sur les mains du suspect de Shanghai Alley ?

– Oui. Mais pas en grande quantité. Dans son cas, on a aussi affaire à pas mal d'éléments

contaminants : eau de pluie, boue, sang… La quantité prouve de façon catégorique qu'il a tenu entre les mains une arme à feu, récemment utilisée, mais rien de plus.
– Ses empreintes se trouvaient bien sur la crosse et sur la gâchette du H & K ?
– Oui.
– Et les traces de boue ?
– Uniquement sur le canon et le percuteur. Aucune sur la crosse ou sur la gâchette.
– Aucun risque d'erreur donc de ce côté-là ?
– Non.
Je repense à plusieurs détails.
– Les numéros de série des deux armes H & K étaient-ils visibles, ou limés ?
C'est Connie qui reprend.
– Visibles. On les a déjà envoyés à Keefe.
– Et côté gilet pare-balles de Colson ?
– Rien à signaler. Il semble être en bon état. Aucun signe de lacération ou d'usure.
– La douille qui se trouvait sur Shanghai Alley était bien celle de la balle qui a servi à tuer notre troisième victime ?
– Oui.
– Rien d'autre que je devrais savoir ?
– Non. Pas pour l'instant.
– OK. Merci.
Je regarde ma montre et je sors vite de la salle.

Plus qu'une heure pour passer en revue tous les éléments que nous avons rassemblés jusqu'ici avant de lancer le premier meeting de cette enquête.

11.

BUREAUX DU CSU
1135 DAVIE STREET
08:00

– OK, voilà où on en est pour l'instant...
Je me plante devant le tableau blanc de la salle de réunion, et comme un seul homme, Nick, Keefe et David Ho attrapent blocs de papier et stylos.
– Nous avons deux scènes de crime : le carrefour du Chinatown Plaza et Shanghai Alley, séparés par environ 500 mètres.
Je marque les deux endroits d'une croix sur le plan de Chinatown épinglé sur le mur.
– Et trois victimes...
Je pointe la série de photos accrochée tout en haut du tableau.
– Victime numéro 1 : sergent Alec Colson, 36 ans, officier du VPD. Victime numéro 2 : Feng Huaren, 29 ans, membre présumé de la TDR. Victime numéro 3 : encore non identifiée, un homme d'origine asiatique, âgé de 20 à 25 ans. Les deux premières victimes ont été abattues sur le carrefour du Chinatown Plaza, de

plusieurs balles dans la poitrine – deux pour le sergent Colson, trois pour Feng Huaren. La troisième a été retrouvée morte sur Shanghai Alley, tabassée et exécutée d'une balle dans la nuque. Nous avons aussi un blessé, sergent Faith Donovan, 28 ans, l'officier avec qui le sergent Colson faisait équipe : patrouille E72. À noter : Feng Huaren a aussi reçu des coups, avant ou après avoir été abattu.

J'ignore le malaise qui se met soudain à planer dans la pièce et je pose l'index sur la photo de l'homme retrouvé blessé dans la ruelle.

– Côté suspect, nous avons arrêté un homme sur Shanghai Alley, lui aussi encore non identifié. Tatouage de la TDR sur le bras. Tabassé comme le John Doe. Marques de ligatures autour des poignets. Enfin, tout indique aussi qu'un « troisième » homme aurait participé à la fusillade du carrefour. Aujourd'hui en fuite.

Je passe aux clichés pris par le département balistique.

– Armes. Trois sur le carrefour : deux Glocks qui appartenaient aux officiers de la patrouille E72, un pistolet H & K retrouvé près de Feng Huaren et un fusil d'assaut MP5 retrouvé à l'intérieur de la camionnette. Nous avons aussi une arme manquante : potentiellement un autre MP5. Plus une arme blanche : un couteau à cran d'arrêt que l'homme au tatouage de Shanghai Alley avait sur lui. Enfin, note importante : le pistolet H & K était enrayé.

Je trace des lignes entre les différents suspects et victimes et je complète chaque lien en ajoutant un nombre de balles entre parenthèses.

– Résultats du département balistique… Le pistolet H & K est l'arme qui a été utilisée pour tirer sur le sergent Colson (deux balles) et la victime de la ruelle (une balle). Le fusil semi-automatique que nous n'avons pas retrouvé est celui avec lequel la voiture de la patrouille E72 a été criblée (quatorze balles) – et le sergent Donovan blessé. Le Glock de Faith Donovan a servi à tuer Feng Huaren (trois balles) et à tirer trois balles supplémentaires qui n'ont apparemment touché personne. Enfin, le MP5 de la camionnette ainsi que le Glock du sergent Colson n'ont pas été utilisés pendant la fusillade. Problème…

Je dessine un petit panneau d'alerte au-dessus de la photo du pistolet H & K.

– On n'a pour l'instant aucun moyen de savoir qui a ouvert le feu avec le pistolet H & K retrouvé sur le carrefour. Les seules empreintes relevées sur cette arme appartiennent toutes au suspect de la ruelle, mais des résidus de poudre ont été trouvés sur les mains du suspect en question, *et* sur les gants que portait Feng Huaren ; des gants contaminés sur les lieux du crime.

Je fais une pause pour bien souligner l'importance de ce que je suis sur le point de dire.

– Résultat : le sergent Colson et le John Doe de la ruelle peuvent avoir été tués par Feng Huaren et/ou l'homme au tatouage. Aucun moyen de prouver quoi que ce soit pour l'instant. Enfin, côté témoins oculaires : le suspect de la ruelle est sous garde, inconscient, dans l'aile haute sécurité du VGH, et je dois passer prendre la déposition du sergent Donovan d'ici une heure ou deux, chez elle.

Je m'écarte du tableau et je passe la parole aux hommes qui me font face, un par un.

– David, tu peux commencer par nous faire un portrait de la TDR ?

– Affirmatif.

Il tape sur le clavier de son portable et un organigramme apparaît sur l'un des murs de la salle.

– La Triade du Dragon rouge, ou TDR, est une organisation criminelle qui opère dans plusieurs grandes villes du monde, dont Vancouver, Toronto, New York et Hong-Kong. Elle est composée de cellules indépendantes qui contrôlent différents pôles d'activités et/ou territoires. Chaque cellule recrute ses propres membres et garde une partie des profits générés ; le reste est versé aux fonds communs de la triade. Parmi la longue liste des activités criminelles de la TDR, on peut citer trafic d'armes et de stupéfiants, racket, extorsion de fonds, enlèvements, etc. Bref, tout ce qui peut à la fois rapporter de l'argent et terroriser la population des zones dans lesquelles elle opère. La TDR a aussi de nombreuses alliances avec des groupes de passeurs asiatiques – connus sous le nom de *snakeheads* – qui font entrer illégalement chaque année des milliers d'immigrés clandestins dans des pays comme le Canada et les États-Unis. Des sans-papiers qu'il est ensuite facile de terroriser et racketter. La triade tire aussi une bonne partie de ses bénéfices de l'impôt illégal qu'elle prélève sur les petites et moyennes entreprises basées sur son territoire.

Il fait apparaître un nouvel organigramme sur l'écran et continue.

– La TDR a un système hiérarchique très strict et une structure extrêmement difficile à infiltrer. À la base, on a les « lanternes bleues », ou nouvelles recrues ; des hommes qui s'acquittent des tâches les plus basses et les plus dangereuses : passages à tabac, intimidation, vente de stupéfiants, etc. Ces membres n'ont pas encore fait leurs preuves aux yeux de la triade et n'ont aucun signe distinctif sur le corps. Mais ils sont déjà liés à vie à la TDR, et une lanterne bleue qui livrerait par exemple l'un des siens serait immédiatement exécutée. Juste au-dessus d'eux se trouvent différents niveaux de hiérarchie, représentés par des codes qui commencent tous par le chiffre 4 – un chiffre qui symbolise les quatre océans, et l'univers dans son ensemble. On a ainsi les « 49 », les premiers membres à part entière de la TDR, des lanternes bleues qui ont subi plusieurs mois, voire années, d'initiation. Puis les « 426 », les « pôles rouges », qui imposent ordre et discipline au sein de chaque cellule, au-dessus desquels se trouve une poignée de responsables « administratifs » : les « 415 », « 432 » et « 438 » ; des hommes qui contrôlent communications, finances, rituels, etc. Enfin, tout en haut, on a le « 489 », le chef de la triade, aussi connu sous le nom de « Dragon ».

Il appuie sur une série de touches et la photo d'un tatouage apparaît sur l'écran. Identique à celui que l'homme de la ruelle a sur le poignet.

– Les « 49 » ont un tatouage sur l'avant-bras gauche, qu'il leur suffit de montrer en relevant la manche pour terroriser leurs victimes. Le tatouage en question est un idéogramme chinois qui se trouve sur l'un des dominos clés du Mah-Jong, l'un des jeux de société les plus populaires en Chine. Une pièce stratégique connue sous le nom de Dragon rouge.

Il enchaîne avec la photo d'identité d'un homme d'une cinquantaine d'années.

Crâne dégarni.

Visage adipeux.

Grosses chaînes en or autour du cou.

– Le chef présumé de la TDR s'appelle Zhao Ming... Officiellement, c'est un homme d'affaires au-dessus de tout soupçon. Il contrôle des dizaines d'entreprises à travers le monde, dont une énorme, Pacific IE, une compagnie d'import-export basée à Hong-Kong. Il a aussi des actions dans une multitude de petites et moyennes entreprises, et de nombreux commerces dans notre Chinatown et dans ceux d'autres grandes villes. Ici, son quartier général se trouve sur East Pender Street : le Golden Palace, un établissement qui offre à ses clients plusieurs salles de jeux et « salles privées ».

La photo d'un bâtiment à la façade typiquement chinoise remplace celle de Zhao Ming.

— Cela fait des années que nous essayons d'obtenir un mandat pour fouiller l'établissement en question, sans succès, et ce malgré les nombreux renseignements que nous avons réussi à obtenir sur les activités illégales qui s'y dérouleraient... De fait, à ce jour, nous n'avons aucune preuve qui permettrait de lier Zhao Ming à la TDR. Et par « nous », je ne veux pas seulement parler du VPD. Je veux parler du FBI, d'Interpol, de la CIA et de plusieurs autres grandes forces de police qui travaillent sur ce dossier. Par sa structure même, la TDR apparaît complètement indépendante des activités de Zhao Ming et sur le papier, c'est un homme d'affaires respecté, qui a même contribué financièrement aux campagnes électorales de plusieurs politiciens américains et canadiens. Bref, c'est le type d'homme intouchable par excellence. Ce qui nous amène à Feng Huaren et Qian Shaozu...

Il tape de nouveau sur son clavier et deux photos apparaissent sur l'écran.

— Feng Huaren et Qian Shaozu font partie des hommes sur lesquels nous avons concentré l'essentiel de nos efforts depuis plusieurs mois... Ce sont deux des lieutenants de la TDR, originaires de Hong-Kong, qui ne sont pas passés par les différents niveaux de hiérarchie mais qui ont été recrutés directement pour servir de façade au Golden Palace. Ils n'ont aucun tatouage, aucun signe distinctif sur le corps qui permettrait de les identifier comme étant membres de la TDR, et ils sont responsables des activités du Golden Palace au jour le jour. En raison de sa nationalité chinoise, Zhao Ming ne peut rester sur le sol canadien que quelques mois par an, grâce à des visas « touristiques » de courte durée. De fait, ce sont Feng Huaren et Qian Shaozu qui contrôlent toutes les opérations de la TDR dans la région de Vancouver – encore une fois, même si nous n'avons jamais retrouvé assez de preuves pour les inculper de quoi que ce soit… Quant à impliquer Zhao Ming directement dans la fusillade d'hier soir… Aucune chance.

Il affiche une série de clichés de surveillance, pris à l'entrée d'un hôtel.

– Hier soir, Zhao Ming n'était pas à Vancouver.

Malgré son ton posé, on peut entendre de la déception dans sa voix.

– Il était à New York, dans un hôtel cinq étoiles de Manhattan, avec plusieurs de ses collaborateurs les plus proches. L'équipe du NYPD qui surveillait ses mouvements pense qu'il a utilisé une ligne téléphonique intraçable pour sceller un ou plusieurs accords pendant la nuit. Si nos informations sont correctes, il aurait, entre autres, fait alliance avec une nouvelle filière de *snakeheads* qui opère à partir de la province du Shanxi. Une région du nord de la Chine jusque-là beaucoup moins touchée par le trafic d'êtres humains. Mais encore une fois, au risque de me répéter, nous n'avons aucune preuve pour confirmer ces informations. On est par contre sûrs que Zhao Ming est actuellement sur un vol New York-Vancouver. AC 329. Atterrissage prévu à 10:59.

– Tu penses qu'on peut obtenir un mandat pour l'interroger ?

David hésite avant de me répondre.

– Possible… Mais uniquement grâce à ça…

Il affiche une photo de la camionnette blanche retrouvée sur le carrefour.

– On a retracé l'origine du véhicule et il appartient officiellement au Golden Palace. Il fait partie des camionnettes de service de l'établissement et avec un peu de chance, cela devrait être assez pour convaincre un juge de nous laisser parler à son propriétaire. C'est loin d'être gagné, mais c'est tout ce qu'on a pour l'instant…

– Tu peux t'en occuper ?

– Sans problème.

Je me tourne vers Nick et Keefe.

– Du nouveau de votre côté ?

Nick se lance en premier.

– Oui. 1) On a retrouvé des empreintes de pas à l'intérieur du parc Livingstone qui allaient du carrefour jusqu'à Carrall Street, qui semblent bien confirmer l'existence d'un troisième suspect – et on attend toujours les résultats du labo pour voir si le sang qui se trouvait sur le portail appartient à une personne fichée. 2) Il y avait également des traces de sang à l'intérieur de la camionnette, et on attend les résultats du labo pour celles-là aussi. 3) On a confirmé grâce aux marques de pneus et autres indices matériels que la camionnette blanche a bien été suivie de Shanghai Alley jusqu'au carrefour du Chinatown Plaza par la voiture de patrouille E72 – et que la victime de la ruelle a bien été abattue sur place. Enfin, on a des doutes sur le comportement de Faith Donovan...

Il s'arrête et fait tourner plusieurs fois son stylo entre ses doigts avant de continuer.

– On a écouté les appels que la patrouille E72 a passés dans les minutes qui ont précédé la fusillade, et dans l'ordre, voilà ce que ça donne...

Il baisse les yeux et se met à lire une série de notes posées devant lui.

– À 23:48:11, le sergent Donovan informe le Central qu'elle et son partenaire ont repéré un véhicule suspect, et je dois ici insister sur le mot « véhicule ». Elle ne mentionne à aucun moment les mots « Shanghai Alley », ni l'existence d'un homme couvert de sang. Elle indique qu'ils n'ont pas besoin de renforts, « pour l'instant ». Quelques secondes plus tard, à 23:49:03, elle envoie un nouveau message, indiquant qu'ils sont en train de suivre « une camionnette blanche, modèle Ford Transit, plaque d'immatriculation JLT 171 – direction Chinatown Plaza, Keefer Street ». Elle ne demande toujours pas de renforts. 23:50:25, nouveau message, voix haletante : « Patrouille Écho Sept Deux. Officier à terre, je répète, officier à terre. Chinatown Plaza. Carrefour de Keefer et Columbia. Envoyez des renforts. Urgent. Je répète, urgent. » Le message s'arrête sur un bruit de coups de feu : trois tirés en succession rapide. Difficile d'établir le type d'arme dont il s'agit. Enfin, 23:51:18, dernier message : « Suspect armé et dangereux. Je répète, suspect armé et dangereux. Envoyez des renforts. » Comme elle ne donne ni nombre ni description, le Central lance un appel pour « un » suspect, même si techniquement parlant, le sergent Donovan a très bien pu vouloir dire « suspects armés et dangereux », pluriel. En soi, son manque de précision est une atteinte au protocole de tout appel d'urgence : communiquer le maximum d'informations sur tout suspect potentiel qui pourrait encore se trouver sur les lieux d'un crime. Elle n'a jamais mentionné s'il s'agissait de suspect/suspects en fuite, blessé, ou encore sur le carrefour. Et ce n'est pas tout… Elle semble aussi avoir tiré à deux reprises vers le centre du carrefour, de deux endroits différents… Les douilles qui se trouvaient derrière la voiture de patrouille étaient rassemblées en deux groupes bien distincts : trois derrière le capot, trois derrière la portière avant.

– Et ?

Nick hésite de nouveau et me regarde droit dans les yeux avant de me répondre.

– Si c'est bien elle qui a tué Feng Huaren, soit elle l'a raté la première fois, et a réessayé quelques instants plus tard d'un endroit légèrement différent. Soit elle l'a bien abattu la première fois et a ensuite tiré sur quelqu'un d'autre, qu'elle a raté. À cette distance, même une seule balle 9 mm bien placée suffit à mettre hors d'état n'importe quel être humain. Or le suspect de la ruelle n'a pas été blessé par balle, le mort de Shanghai Alley a été tué sur place, et on n'a retrouvé que quelques gouttes de sang sur le portail du parc Livingstone. Dans tous les cas de figure, l'une des deux rafales qu'elle a tirées n'a pas réussi à immobiliser la cible qu'elle visait. Et je sais, tout a dû se passer très vite, et elle a probablement fait tout ce qu'elle a pu, mais il est possible qu'elle ait mal protégé son partenaire.

Je continue avec difficulté, la tête encore pleine d'images de la jeune femme prostrée à l'arrière de l'ambulance.

– Rien d'étrange du côté des témoignages des sergents O'Brien et Yung ?

– Non. A priori, ils ont tout fait dans les règles. Ils se sont assurés que Feng Huaren était bien désarmé. Ils ont aidé le sergent Donovan. Et ils ont organisé l'arrivée des premiers secours.

Je note mentalement de demander à Connie où en sont les prélèvements faits sur eux et j'enchaîne.
– Keefe ? Identité des deux hommes de Shanghai Alley ?
– Toujours rien. Aucun des deux n'était fiché, et personne n'a contacté la police à leur sujet. Soit leur « disparition » n'a pas encore été découverte, soit personne ne veut être associé de près ou de loin à ce qui s'est passé. La seule chose dont on est sûrs pour l'instant, c'est qu'ils ont tous les deux été tabassés dans des circonstances similaires et qu'ils n'avaient sur eux aucun papier ou objet – comme montre ou bijou – qui aurait pu faciliter leur identification. Delgado est en train de voir si on peut établir leur origine ethnique à la région près, grâce aux échantillons d'ADN prélevés sur eux, mais cela va prendre du temps.
– Des témoins oculaires autour du carrefour ou de la ruelle ?
– Non. La loi du silence dans toute sa splendeur. À entendre les riverains, on pourrait croire qu'une vingtaine de balles 9 mm tirées en rafale par des armes semi-automatiques font partie des bruits habituels du quartier. Aucun témoignage. Aucune piste de ce côté-là. J'ai par contre pu retracer sans problème l'origine des deux armes H & K retrouvées sur le carrefour.

Il tape sur le clavier de son portable.

– Elles viennent d'un lot d'armes volées il y a environ neuf mois. Cargaison destinée aux forces de l'OTAN qui a été attaquée en pleine nuit sur une autoroute allemande… Et c'est la première fois qu'une de ces armes refait surface, ce qui semble confirmer la théorie des « nouvelles filières » dont David vient de nous parler.
– Tu as le nombre et le type d'armes volées ?
– Oui. Toutes étaient des armes semi-automatiques de marque Heckler & Koch, fabriquées en Allemagne. Au total 150 fusils MP5, 320 pistolets USP9 et près de 1 000 chargeurs à capacité standard et augmentée – ce qui représente environ 15 000 munitions. La cargaison contenait aussi 20 kilos d'explosif Semtex.
– On a la moindre idée du type de groupe qui aurait pu monter une opération pareille ?
– Non. Et les avis divergent sur le sujet… Le FBI pense qu'il s'agit d'une cellule terroriste – étrangère ou américaine, genre milice d'extrême droite. Interpol penche plutôt pour la thèse de trafiquants basés au Kosovo. Dans les deux cas, personne n'a de preuve.

Je fais vite un dernier tour de table avant d'aller prendre la déposition de Faith Donovan.

– OK… Voilà comment j'aimerais qu'on procède… David, tu peux continuer à bosser avec nous ?
– Avec plaisir.
– J'aimerais que toi et Nick concentriez vos efforts sur la TDR et sur ses hommes. Nouveau porte-à-porte

à Chinatown. Informateurs. Bref, tout ce que vous pourrez trouver sur cet aspect des choses.

– OK.

– Keefe, priorité numéro 1 : identifier les deux hommes de la ruelle. Passe en revue tout ce que tu peux. Journaux locaux, écoles, centres pour jeunes. Il est possible que leurs visages apparaissent sur de simples photos diffusées de façon publique. Aussi, comme ils sont tous les deux particulièrement musclés, essaie de voir s'ils ont appartenu à un club de sport, de muscu, ce genre de chose…

– Comme si c'était déjà fait.

Je regarde une dernière fois les informations affichées sur le tableau blanc, et je plie mes affaires pour aller de nouveau affronter le sergent Donovan. Dans un contexte probablement encore plus difficile que celui d'il y a quelques heures.

12.

MAISON DE LA FAMILLE DONOVAN
18 ANGUS DRIVE
09:30

Je frappe à la porte du 18 Angus Drive, un pavillon à moins d'un kilomètre de celui de la famille Colson, et je fais vite un tour d'horizon.
Gazon impeccablement tondu... Pots de fleurs alignés le long de la clôture... Façade aux couleurs pastel...
Un univers à des années-lumière de celui dans lequel Faith Donovan s'est retrouvée hier soir.
J'attends quelques instants et quand je vois la porte s'ouvrir brusquement devant moi, je sais déjà à qui j'ai affaire.
– Bonjour, mon nom est Kate Kovacs. CSU.
L'homme me regarde sans rien dire.
Épaules larges. Regard intense. Barbe de plusieurs jours.
Le type de personne qu'on peut facilement imaginer jaloux, impatient... Voire violent.
Je lui montre mon badge.

– J'aimerais parler à votre *épouse*, c'est bien ça ?
– Oui. Elle vous attend.

Il fait de nouveau un geste beaucoup plus accentué que nécessaire ; cette fois-ci un grand pas en arrière accompagné d'un sourire faussement accueillant. Pour bien me faire comprendre que si ça ne tenait qu'à lui, je serais probablement encore en train d'attendre devant une porte fermée.

– Entrez…

Il m'indique le chemin à suivre, et je réalise, une fois à côté de lui, qu'il me dépasse d'une bonne tête. Un détail qui ne fait qu'accentuer la vague expression de menace qui émane de sa personne.

– Elle est dans le salon.

Il pose un doigt sur les lèvres et ouvre lentement la porte de la pièce en question.

– Il vient juste de s'endormir…

Je lève les yeux et je vois le « il » pour la première fois : un bébé de 3 ou 4 mois endormi dans les bras de Faith Donovan.

– Vous pouvez nous donner deux minutes ?
– Bien sûr…

Dans la lumière tamisée, la jeune femme assise devant moi ne ressemble en rien à celle à qui j'ai parlé cette nuit. Elle a l'air plus jeune. Plus calme. Et paradoxalement encore plus vulnérable.

Je regarde le bébé passer des bras de sa mère à ceux de son père, la tête bien maintenue dans le creux d'une

des mains de l'homme. Une main énorme qui semble soudain délicate, protectrice...
– Tu m'appelles si tu as besoin de quoi que ce soit ?
– Promis.

L'homme pose un baiser sur le front de sa femme et sort de la pièce, l'enfant collé contre sa poitrine. Puis il referme la porte derrière lui et Faith Donovan concentre immédiatement toute son attention sur moi.

– Asseyez-vous, s'il vous plaît...

Je prends place sur le fauteuil qu'elle m'indique et elle se redresse un peu sur le canapé. Comme pour se préparer physiquement à ce qui va suivre.

– Il s'appelle comment ?

Je jette un coup d'œil vers la porte.

– Matthew.
– Il a quel âge ?
– Trois mois et demi.
– C'est pour lui que vous avez refusé de passer la nuit à l'hôpital ?

Elle baisse les yeux.

– Oui. Je l'allaite encore une ou deux fois par jour et je ne voulais pas que des médicaments interfèrent.
– Pourquoi ne pas l'avoir dit au docteur ?
– Ma vie privée ne regarde que moi.

Une réplique qui aurait pu être la mienne.

– Vous arrivez à combiner ça avec des patrouilles de nuit ?

– Je n'ai pas trop le choix. Mon mari est au chômage depuis plusieurs mois et nous avons des factures à payer. Je sais que ce n'est pas l'idéal, mais…
Elle s'arrête et relève lentement la tête.
– J'imagine que ce n'est pas ce dont vous voulez me parler… Vous voulez prendre ma déposition officielle sur ce qui s'est passé cette nuit, c'est bien ça ?
– Oui.
– Allez-y.
Elle se cale bien dans le canapé. Et plus elle fait semblant de ne pas être affectée outre mesure par ce qui lui est arrivé, plus j'ai du mal à me lancer.
– Encore une fois, désolée d'avoir à faire ça ici… Si tôt après…
– Non. C'est moi. J'aurais dû tout vous dire sur le carrefour… J'ai manqué de sang-froid. Je m'excuse.

À la voir, on pourrait croire qu'elle maîtrise complètement les choses, que sa réaction sur le carrefour n'était qu'un bref moment de panique. Mais je sais que c'est loin d'être le cas.
– OK…
Je sors mon dictaphone et je le pose sur l'un des accoudoirs de mon siège.
– Sergent Donovan, j'aimerais tout d'abord que vous commenciez par me dire ce qui s'est passé avant que la fusillade n'éclate sur le carrefour…
Elle pose les avant-bras sur les genoux et croise les doigts devant elle. Un mouvement qui fait glisser le

col de son pull et qui laisse voir le pansement qu'elle a autour du cou.
– J'étais de patrouille avec Alec… avec le sergent Colson. Nous étions en train de descendre Keefer Street quand nous avons remarqué la présence d'un véhicule suspect en passant devant Shanghai Alley. Une camionnette blanche, hayon ouvert, tous feux éteints. Nous avons fait marche arrière pour essayer de voir de quoi il s'agissait, et alors que nous étions sur le point de nous engager dans la ruelle, le véhicule a démarré. Et nous l'avons suivi sur Keefer Street.
– Il roulait vite ?
– Non. Vitesse normale.
– Quand vous avez repéré la camionnette, en passant devant la ruelle pour la première fois, combien de personnes avez-vous vues autour ?
– Aucune.
– Et la seconde fois, après avoir fait marche arrière ? Elle hésite.
– Aucune non plus.
Je la regarde droit dans les yeux.
– Sergent Donovan, vous m'avez dit cette nuit sur le carrefour qu'il y avait « un homme couvert de sang sur Shanghai Alley »… Vous avez vu cet homme quand ?
Elle baisse la tête.
– Sergent Donovan ?
– Je n'ai pas « vu » cet homme. J'ai « cru » le voir. Debout près de la camionnette.

– Quand ?
– Au premier passage. Mais je n'en étais pas sûre.
– Votre partenaire l'a-t-il vu aussi ?
– Je ne sais pas.
– Comment ça « je ne sais pas » ?
– Il ne m'a rien dit.
– Et vous ne lui avez rien dit ?
– Non.
– Pourquoi ?
– Parce que j'avais peur de me tromper... J'étais crevée... Il faisait noir... Ce que j'ai vu était plus une ombre qu'autre chose.
– Mais vous en avez assez vu pour établir qu'il s'agissait d'un homme couvert de sang ?
– Oui. En tout cas, c'est ce que j'ai cru voir.
– Pourquoi ne pas avoir tout simplement dit à votre partenaire ce que vous aviez « cru » voir ?

Elle fait une longue pause avant de me répondre.

– Vous devez savoir ce que c'est... Même si les femmes représentent maintenant un bon pourcentage des forces de police de la ville, il y a toujours plus de pression sur nous... Je ne voulais pas me tromper. Je pensais qu'on pourrait s'en assurer au deuxième passage... Que cela ne ferait aucune différence...

Elle semble perdre un peu du contrôle qu'elle essayait d'afficher au début de notre conversation et j'enchaîne.

– OK… Revenons au moment où la camionnette s'est engagée sur Keefer Street… C'est bien votre partenaire qui conduisait ?
– Oui.
– Et vous qui vous occupiez de la radio ?
– Oui.

Pour la première fois, je vois des larmes se former dans ses yeux et je laisse un blanc pour lui donner l'opportunité de continuer. Ce qu'elle fait après un long silence.

– Même si ça aurait dû être l'inverse…

Son ton est teinté de tristesse. De regret.

– C'était à moi de conduire. Samedi soir. C'était mon tour. Mais on a permuté au dernier moment.
– Pourquoi ?
– Parce que j'avais mal dormi… Parce que mon fils est malade depuis plusieurs jours… Alec a deux enfants, il comprend ce genre de choses.

Une larme se met à couler le long de son visage. Qu'elle essuie vite du dos de la main.

– Donc, c'est exact. C'est bien Alec qui conduisait et moi qui m'occupais de la radio et de l'ordinateur de bord.
– Vous avez eu le temps de faire des recherches sur le numéro d'immatriculation du véhicule ?
– Non. La camionnette s'est arrêtée brusquement à l'angle du Chinatown Plaza, juste devant le portail du parc Livingstone.

– Vous savez pourquoi ?
– Non. À ce moment-là, je croyais toujours qu'on avait affaire à une simple bagarre, à l'une de ces bandes de jeunes qui pullulent à la nuit tombée... Rien de plus. L'ordinaire du quartier...
– La camionnette s'est donc arrêtée sans que vous ayez à ouvrir le feu ?
– Oui. Alec est sorti pour vérifier les papiers du conducteur et je suis restée près de la voiture, derrière ma portière, pour le couvrir.
– Votre partenaire a-t-il sorti son arme ?
– Non. Il avait une main sur son holster et une torche électrique dans l'autre.
– Que s'est-il passé ensuite ?
– Il s'est approché de la portière du conducteur et c'est là que j'ai entendu du bruit à l'arrière de la camionnette.
– Quel genre de bruit ?
– Des bruits étouffés... Difficiles à décrire... J'ai détourné mon regard pour voir de quoi il s'agissait et c'est là que les coups de feu ont éclaté.
– Combien ?
– Deux. Tirés en rafale.
– Vous n'avez donc pas vu ce qui s'est passé ?
– Non. J'ai dû détourner mon regard pendant une demi-seconde... Pas plus... Mais c'était déjà trop tard.
– Et ensuite ?

– J'ai tout de suite réagi. Je me suis collée contre la carrosserie du véhicule, j'ai sorti mon arme, je me suis relevée, et j'ai ouvert le feu sur lui.
– Sur qui ?
– Sur l'homme qui se tenait juste à côté d'Alec.
– Vous voulez dire…
– Oui. À côté du corps d'Alec.
Elle se remet à pleurer.
– Vous avez vu le visage de l'homme en question ?
– Non. Il avait le dos tourné.
– Vous pouvez le décrire ? Taille ? Vêtements ?
– Taille moyenne. Habillé de noir. Pistolet braqué vers le sol.
– Vous pensez avoir touché votre cible ?
– Je ne sais pas… Sur le coup, j'étais sûre de l'avoir atteinte, plusieurs fois… Mais maintenant, je ne sais plus…
– Pourquoi ?
– Parce que juste après, alors que j'étais de nouveau collée contre la voiture, quelqu'un a ouvert le feu sur moi… Avec une arme semi-automatique… En rafale… Alors que j'étais en train d'appeler le Central.
– Vous avez vu de qui il s'agissait ?
– Non. Je ne me suis pas relevée.
– Vous savez combien de coups de feu ont été tirés ?
– Dix-douze… Je ne sais pas… C'était comme dans un cauchemar. Il y avait du bruit, du verre qui volait partout, de la fumée… Et je crois que c'est là que j'ai

été touchée… Par un éclat ou par un ricochet, je ne suis pas sûre… J'ai senti quelque chose couler sur mon visage, sur mon cou, le long de mon bras gauche… Tout était brouillé… Mes mains tremblaient, mon cœur battait tellement fort que j'avais du mal à respirer…
– Et ensuite ?
– Ensuite, je me suis forcée à me relever. Pour aller aider Alec. Je me suis placée contre la roue avant de la voiture… Je me suis relevée… Et l'homme était toujours là.
– Quel homme ?
– Celui qui était debout à côté d'Alec. Et il m'a regardé. Droit dans les yeux.
– Il était armé ?
– Oui.
– Il a ouvert le feu sur vous ?
Elle se met à trembler des pieds à la tête.
Exactement comme sur le carrefour.
– Oui… Non… Il a… Il a braqué son pistolet sur moi et…
Son regard se fige.
– Il a appuyé sur la gâchette. Deux fois. Mais le coup n'est pas parti.
– Et vous n'avez pas ouvert le feu sur lui ?
– Non. J'étais paralysée de peur. J'étais sûre qu'il allait me tuer. Je pouvais le voir dans ses yeux… À la haine qu'il y avait dedans… À la façon dont il me regardait… Alors je me suis vite replaquée contre le

véhicule, et j'ai tiré deux ou trois fois dans sa direction sans regarder. Et après ça, j'ai attendu sans bouger que les secours arrivent. Je ne pouvais plus penser qu'à une chose... À Matthew, à Rick... Au fait que je ne pouvais pas les laisser tout seuls, que je ne pouvais pas mourir... Et je ne suis même pas allée voir si Alec était encore en vie...

Elle se met à sangloter et je lui laisse plusieurs minutes pour se reprendre avant d'enchaîner.

– Sergent Donovan... Vous pouvez me dire ce qui s'est passé ensuite ? Quand les sergents O'Brien et Yung sont arrivés sur les lieux ?

– Non... Je n'ai rien vu... Je n'ai pas bougé... Je suis restée collée derrière la voiture... J'avais trop peur...

– OK...

J'essaie de la faire revenir sur les différents éléments qu'elle n'a pas mentionnés, un par un.

– Sergent Donovan, quand vous avez vu l'homme qui se tenait debout près de votre partenaire, vous êtes sûre qu'il était armé ?

– Oui. Il avait un pistolet dans la main droite. On aurait dit un Glock.

– Vous avez vu s'il portait des gants ?

– Non. Je n'ai pas remarqué.

– Mais vous êtes sûre qu'il tenait un pistolet de type Glock entre les mains ?

– Oui. Je suis sûre pour le pistolet, mais pas pour les gants...

– OK…
Je change d'approche.
– Quand vous avez vu cet homme pour la seconde fois, est-ce que vous avez regardé par terre ? Pour vérifier dans quel état se trouvait votre partenaire ?
– Non.
– Pour voir si le suspect sur lequel vous aviez tiré était au sol ?
– Non plus.
– Vous avez uniquement regardé l'homme qui se tenait debout ?
– Oui.
Elle se met à fixer un point dans le vide. Comme pour pouvoir passer plus facilement entre passé et présent en restant dans une zone neutre.
– À ce moment-là, avez-vous remarqué si le hayon de la camionnette était ouvert ou fermé ?
– Ouvert.
– Et la première fois ?
– Fermé.
– Quand vous avez changé de position, juste après la rafale d'arme automatique, n'avez-vous pas eu peur que ce tireur vous ait toujours en joue ?
– Non. Je l'ai entendu s'enfuir en courant.
– Vers où ?
– Je ne sais pas.
J'insiste à contrecœur.
– Droite ? Gauche ?

– Je ne sais vraiment pas. Désolée.

– Ce n'est pas grave…

Je fais une petite pause et je sors un montage de douze photos d'identité – toutes représentant des hommes d'origine asiatique âgés de 20 à 30 ans – dont Qian Shaozu (numéro 1), Feng Huaren (numéro 3), et les deux hommes de Shanghai Alley : le suspect (numéro 9) et la victime (numéro 11).

– Sergent Donovan, est-ce que vous pouvez me dire si vous reconnaissez un ou plusieurs de ces hommes ?

Elle attrape le document et me répond instantanément.

– Oui. Trois d'entre eux.

Je reste impassible, même si sa réponse représente un pas important dans mon enquête.

– Lesquels ?

– Numéro 1 : Qian Shaozu. Numéro 3 : Feng Huaren. Tous les deux membres présumés de la TDR. Et numéro 9…

Sa voix se met à trembler.

– L'homme qui était sur le carrefour.

– L'homme qui était debout près du corps de votre partenaire ? Celui qui vous a regardé droit dans les yeux ?

– Oui.

– Et les deux autres ?

– Je les connais comme tous les autres flics du district 2.

– Mais vous ne les avez pas vus pendant la fusillade ?
– Non. Pourquoi ?

Je réalise que dans la confusion d'hier, personne n'a dû lui communiquer l'identité de la personne qu'elle a abattue.

– Je suis censée les reconnaître ? Ils étaient sur le carrefour ?

Tous les efforts qu'elle faisait depuis le début de notre conversation s'évaporent d'un coup, et j'essaie de lui répondre avec le ton le plus calme que je peux trouver.

– Sergent Donovan... l'homme sur qui vous avez tiré est Feng Huaren.
– C'est lui que j'ai tué ?
– Oui. Ou plus exactement, les balles qui l'ont tué proviennent de votre arme de service. C'est bien vous qui avez ouvert le feu ?
– Oui... Mais...

Elle reste un long moment dans cette zone intermédiaire entre passé et présent avant de me répondre.

– Ça veut dire que je l'ai tué la première fois ? Qu'il y avait trois hommes sur le carrefour ?
– C'est ce que tout semble indiquer.
– Et l'autre homme ? Celui de la photo numéro 9 ?
– Nous l'avons arrêté sur Shanghai Alley.
– C'est lui que j'ai vu dans la ruelle ? L'homme couvert de sang ?

– Je ne sais pas. Nous avons retrouvé deux hommes sur Shanghai Alley. Le deuxième était mort quand nous sommes arrivés.

La masse d'informations que je viens de lui donner semble soudain être trop lourde pour elle. Elle bascule le corps vers l'avant, attrape sa tête à deux mains, et se replie lentement sur elle-même.

Je repense aux conseils du médecin qui l'a traitée aux urgences du VGH, à l'état dans lequel elle était la première fois que je lui ai parlé, et je décide d'en rester là.

– Écoutez, je sais que tout cela doit être extrêmement difficile pour vous...

Je sors ma carte et j'écris vite le numéro de Susan Estrada au dos.

– Je sais aussi que vous ne voulez pas prendre de calmants ou autres médicaments de ce genre, et je respecte entièrement votre décision. Mais vous devez parler à quelqu'un de ce qui s'est passé. Le plus vite possible. Vous pouvez appeler ce numéro. C'est une psy qui travaille avec nous... Je la connais. Personnellement. Vous pouvez l'appeler quand vous voulez.

Je pose la carte sur la table basse qui nous sépare et elle relève lentement les yeux.

Pour les plonger dans les miens.

– Vous pensez que j'aurais dû agir différemment ?

Je ne sais pas quoi lui répondre.

– Vous pensez que j'aurais dû mieux le couvrir ? Que j'aurais dû aller l'aider ? Que j'aurais dû lui dire pour l'ombre de la ruelle ?

J'éteins le dictaphone et je prends quelques instants pour bien choisir mes mots.

– Écoutez… Vous étiez en danger de mort. Vous avez réagi en essayant de protéger au mieux votre vie et celle de votre partenaire. Le reste ne dépendait pas de vous.

– Vous pouvez me dire alors pourquoi je suis toujours en vie et pas lui ?

– Non.

La seule réponse honnête que je pouvais lui donner.

13.

BUREAUX DU CSU
1135 DAVIE STREET
10:22

– Tu as réussi à l'identifier ?
– Affirmatif.

Keefe attrape un marqueur et écrit *Scott Wang* sous la photo de l'homme que nous avons arrêté sur Shanghai Alley.

– Comment tu as fait ?

J'ai du mal à croire qu'on ait enfin progressé de ce côté-là.

– J'ai suivi tes conseils, comme d'habitude, vu que tu n'es pas boss pour rien… J'ai écumé les sites Web des écoles de Chinatowm et je suis tout d'abord tombé sur une photo de lui sur le site du lycée Britannia, une photo qui datait d'il y a environ quatre ans sur laquelle on le voyait en kimono. Puis, en voyant qu'il était champion junior de kung-fu à l'époque, j'ai utilisé Google pour faire des recherches, et bingo !

Il me tend une feuille.

– Son nom est Scott Wang, 21 ans, né à Hong-Kong. Il a immigré au Canada avec sa famille alors qu'il

n'avait que 3 ans. Une sœur : Amy, 18 ans. Un frère : Joshua, 6 ans. Son père est mort il y a environ un an et sa famille habite depuis au 41 East Pender Street dans un immeuble délabré, à moins de dix minutes de Shanghai Alley. Scott a quitté le domicile familial juste après la mort de son père.
– Et tu as trouvé tout ça sur Google ?
Il sourit en entendant mon ton mi-sarcastique mi-amusé.
– Non. Je t'ai donné la version courte. Scott Wang apparaît sur Google comme faisant partie des enseignants de la Sun Tao Academy, l'un des principaux centres martiaux de Chinatown. Après ça, j'ai appelé Wendy Phipps, la responsable des services sociaux du secteur, et elle avait un dossier sur lui et sur sa famille.
Il me montre une photo du 41 East Pender Street. Un immeuble de deux niveaux – magasin au rez-de-chaussée, appartement au premier. Sordide.
– La famille Wang habite au 1B et l'appartement juste à côté est vide depuis des mois pour cause d'insalubrité, ce qui te donne une idée du genre de logement dont il s'agit… Quant à Scott, il habite ici…
Keefe me tend une deuxième photo. Celle d'un bâtiment à trois étages décoré de frises chinoises et d'une longue ligne d'idéogrammes.
– Traduction : la Sun Tao Academy, du nom de son fondateur et responsable.
– Qu'est-ce que tu as trouvé sur lui ?
Keefe relit ses notes avant de me répondre.

– C'est un ancien moine bouddhiste et maître d'arts martiaux, apparemment réputé à travers tout le pays. D'après Phipps, c'est aussi un homme qui s'est donné pour mission d'offrir une alternative aux jeunes de Chinatown. Il héberge non seulement plusieurs « pensionnaires », des jeunes qu'il a pris sous son aile, mais donne aussi des cours aux enfants et adolescents du quartier. Toujours d'après elle, son but est d'inculquer des principes comme le respect et la non-violence à travers la pratique de différents arts martiaux.

– Comment Phipps sait-elle autant de choses sur lui et sur la famille Wang ?

– Parce qu'elle s'est occupée du dossier Wang après la mort de…

Il vérifie de nouveau ses notes.

– Wang Jintao, le père de Scott.

– Pourquoi ?

– Parce que M. Wang devait apparemment beaucoup d'argent à différents créanciers et qu'après sa mort, sa femme et ses trois enfants se sont retrouvés sur la paille. Pas juste fauchés. Littéralement couverts de dettes.

– On sait comment Wang Jintao est mort ?

– Accident de chantier. Il avait une petite entreprise de bâtiment basée à Chinatown. Tous ses biens ont été saisis par ses créanciers.

– Des détails sur les circonstances exactes de l'accident dont il a été victime ?

– Non.

Keefe me tend une série de fiches d'identité sur lesquelles on peut voir les visages des cinq membres de la famille Wang. Wang Jintao et Wang Xiaoli, deux Asiatiques d'une quarantaine d'années dont les visages semblent avoir été fripés avant l'heure. Et leurs trois enfants. Souriants. Visiblement moins affectés par les duretés de la vie que leurs parents.

– C'est Phipps qui t'a passé ces photos ?
– Oui. Elles datent d'il y a environ deux ans.

Je regarde fixement celle de Scott Wang. Incapable de voir dans ce visage d'adolescent celui de l'homme qui m'a attaquée dans la ruelle.

– Tu as déjà passé son identité à Nick et David ?
– Oui. Et on a un mandat pour fouiller ses affaires. Ils attendent de voir comment tu veux procéder.
– Ils ont du nouveau de leur côté ?
– Non. Rien. Exactement comme David l'avait prévu. Aucun témoin. Aucun membre de la communauté prêt à identifier qui que ce soit. La loi du silence dans toute sa splendeur.
– Tu peux leur demander de passer voir Mme Wang pendant que je m'occupe de Sun Tao et de la chambre de Scott ?
– OK.
– Autre chose ?
– Oui. Scott Wang ne donne pas que des cours à la Sun Tao Academy, il a aussi un job à temps partiel. Il

travaille quelques heures par semaine comme manutentionnaire sur le marché de nuit de Chinatown.
– Tu as le nom de son employeur ?
– Oui. Et d'avance, désolé pour la prononciation…
Il lit ses notes.
– Tsui Yongxian, propriétaire d'une petite entreprise de fruits et légumes.
– Tu peux demander à Nick et à David de couvrir ça aussi ?
– Sans problème. Juste deux derniers détails. 1) Mme Wang ne parle quasiment que chinois et 2) certains noms sont mal retranscrits dans les dossiers qu'on a sur Chinatown et sur la TDR. Règle de base : les noms de famille chinois se placent avant le prénom, sauf quand ils ont été « occidentalisés » comme celui de David ou de Connie. Scott, comme beaucoup d'Asiatiques de la deuxième génération, a opté pour un prénom anglo-saxon, suivi de son nom de famille chinois. Son nom d'origine est Wang Chen.
– Ses parents ont gardé leur nom d'origine ?
– Oui.
– Et Qian Shaozu et Feng Huaren ?
– Aussi.
– OK. Merci.
Je regarde ma montre et j'enchaîne.
– Est-ce que tu peux continuer à bosser sur l'identité de la victime de Shanghai Alley et essayer de voir s'il existe un lien entre la Sun Tao Academy et la TDR ?

– Tu penses que Zhao Ming recrute ses membres dans une école tenue par un ancien moine bouddhiste ?
– Pas grand-chose ne semble l'arrêter.
Keefe secoue la tête.
– Si c'est le cas, Phipps va avoir une crise cardiaque. Parce que selon elle, le centre de Sun Tao est un des rares endroits dans lesquels les jeunes de Chinatown peuvent se sentir en sécurité.
– Elle le connaît bien ?
– Oui. Elle bosse avec lui depuis près de vingt ans. Et elle n'avait que des éloges à son sujet.
– Elle t'a donné d'autres détails sur lui ?
– Juste que c'est un réfugié politique qui a quitté le Tibet dans les années cinquante, après l'invasion chinoise.
– Et elle n'a jamais reçu de plainte contre son établissement et/ou contre les jeunes avec qui il travaille ?
– Non. Jamais. Un sans-faute. Aucun des ados formés par son centre n'a eu de problème avec la police. Ils passent généralement plusieurs mois, voire plusieurs années, au sein de l'académie pour s'entraîner et se perfectionner. Et après ça, beaucoup d'entre eux montent leur propre école et transmettent leur savoir à d'autres jeunes. C'est un des fondements de tout art martial.
– OK... On fait peut-être fausse route, mais vérifie quand même. Vérifie aussi s'il y a quoi que ce soit de louche dans la mort de Wang Jintao. Et surtout, essaie

de retracer à qui il devait de l'argent. Vu ce que nous a dit David tout à l'heure, il est fort possible qu'il ait eu à verser un impôt illégal à la TDR, en tant que chef d'entreprise basée à Chinatown.

– Pas de problème.

– Merci.

Je regarde une dernière fois la photo de Scott Wang accrochée sur le tableau blanc. En me demandant comment un jeune homme comme lui a bien pu finir couvert de sang au fond d'une ruelle. Prêt à poignarder la première personne qui oserait s'approcher de lui.

14.

SUN TAO ACADEMY
123 EAST PENDER STREET
11:17

Maître Sun Tao m'accueille avec une chaleur humaine que même l'inquiétude qu'on peut lire sur son visage n'arrive pas à entamer.
— Agent Kovacs, CSU.
— Maître Sun Tao...
Il attrape la main que je lui tends et l'enveloppe de ses deux mains avant de la serrer. Puis il me fait signe de m'asseoir face à lui, dans un petit bureau dénué de toute décoration.
— Qu'est-ce qui me vaut votre visite ?
Il concentre toute son attention sur moi avec une intensité bien plus forte que la normale – probablement un reste de son passé de moine – et j'hésite soudain à enchaîner. Parce que tout dans son regard semble indiquer qu'il n'a aucune idée des raisons qui m'amènent dans son centre.
— Monsieur Sun...
J'essaie de faire abstraction de son âge, de son crâne rasé et de ses mains frêles, et je continue.
— J'ai besoin de vous poser quelques questions sur l'un de vos pensionnaires.

Aussitôt, son regard se voile.
– De qui s'agit-il ?
– Scott Wang. Il a été arrêté et est actuellement soupçonné d'avoir participé à la fusillade qui a eu lieu cette nuit devant le Chinatown Plaza.
Il lâche un grand soupir de soulagement.
– C'est impossible. Il ne peut pas s'agir de Scott. Vous avez dû faire une erreur d'identité.
Je lui tends une photo du suspect que nous avons arrêté sur Shanghai Alley.
– Il s'agit bien du Scott Wang que vous connaissez ?
Il regarde fixement le cliché et me répond d'une voix tremblante.
– Oui. Qu'est-ce qui lui est arrivé ? Que s'est-il passé ?
– Nous ne le savons pas exactement. C'est pour cela que je suis ici. Parce que nous n'avons pour l'instant que très peu d'informations sur lui.
– Il est où ?
– À l'hôpital.
Je fais exprès de rester le plus vague possible.
– Il a été blessé ?
– Oui, mais ses jours ne sont pas en danger.
– Vous avez prévenu sa famille ?
– Deux de mes collègues sont en train de le faire.
– « En train » ? Je croyais que vous aviez arrêté Scott hier soir ?
– C'est exact. Mais nous venons seulement de l'identifier. Quand nous l'avons arrêté, il n'avait aucun papier

sur lui. Et personne n'a signalé sa disparition dans les heures qui ont suivi la fusillade.

– Je ne pouvais pas le faire… Je pensais qu'il était chez sa mère… Il m'a dit qu'il allait passer le week-end avec elle et le reste de sa famille…

– Quand vous a-t-il dit ça ?

– Vendredi soir.

– C'est la dernière fois que vous l'avez vu ?

– Oui.

– Et c'est quelque chose qu'il fait souvent ? Passer le week-end chez sa famille ?

– Oui. Presque toutes les semaines.

– Et le reste du temps, il habite bien ici ?

– Oui. Il partage une chambre avec un autre pensionnaire.

– Ce pensionnaire s'appelle comment ?

– Wu Lisheng.

– Vous savez si lui et Scott sont proches ?

– Oui. Ils sont plus que « proches ». À les voir, on pourrait croire qu'ils sont frères. Scott est un peu plus âgé que Lisheng. Il a tendance à le protéger, à le prendre sous son aile…

Son visage se voile de nouveau.

– Je n'arrive pas à croire que vous ayez arrêté Scott…

– Monsieur Sun, depuis combien de temps le connaissez-vous ?

– Depuis qu'il a 6 ou 7 ans. Ses parents l'ont amené ici parce qu'il avait du mal à s'intégrer, juste après leur arri-

vée au Canada… J'ai commencé par lui enseigner le kung-fu Shaolin, ma spécialité, et dans les années qui ont suivi, il s'est intéressé à d'autres arts martiaux.
– Lesquels ?
– Le judo et la boxe thaïlandaise. Il est aujourd'hui ceinture noire, ou équivalent, pour chacune des trois disciplines qu'il pratique.
– Les renseignements que nous avons réussi à obtenir sur votre centre indiquent que les jeunes que vous hébergez enseignent également ? C'est exact ?
– Oui. Cela fait partie du programme que j'ai créé. Inciter les jeunes du quartier à s'intéresser aux arts martiaux. Pour les sensibiliser à des notions comme discipline, respect, loyauté.
– Combien de jeunes habitent actuellement dans votre établissement ?
– Vingt-deux.
– Et vous les choisissez comment ?
– Ce sont soit des élèves que j'ai moi-même formés qui souhaitent poursuivre un parcours similaire au mien, soit des jeunes « en difficulté » à qui j'essaie de donner une deuxième chance.
– Scott Wang fait partie de quelle catégorie ?
– La première. C'est un des élèves les plus doués et les plus dévoués que j'aie jamais rencontrés au cours de ma carrière.
– Et Wu Lisheng ?
Il baisse les yeux.

– À la deuxième... Mais si vous avez déjà fait des recherches sur mon établissement, vous savez aussi qu'aucun de mes pensionnaires n'a de casier judiciaire. Cela fait partie des principes fondamentaux de mon programme.
– À votre connaissance donc, Scott n'a jamais eu de problèmes avec la police.
– Non.
– Monsieur Sun...
Je fais bien attention à la formulation de mes questions suivantes.
– Avez-vous remarqué le moindre changement dans le comportement de Scott Wang au cours des derniers mois, des dernières semaines ?
– Non.
– A-t-il jamais dit, ou fait, quelque chose qui aurait pu vous amener à penser qu'il appartenait à une organisation illégale ?
– Non.
Je décide de tenter le tout pour le tout.
– Monsieur Sun, tout porte à penser que Scott Wang fait partie de la Triade du Dragon rouge.
– C'est impossible.
Sa réponse est catégorique.
– Comment pouvez-vous en être aussi sûr ?
– Parce que Scott vit sous ce toit, 24 heures sur 24, depuis près d'un an. À part les heures qu'il passe comme manutentionnaire sur le marché de nuit et

celles qu'il consacre à sa famille le week-end, il s'entraîne ou il enseigne. Souvent dix-douze heures par jour. Il n'aurait jamais pu nous cacher quelque chose comme ça.

– Vous savez pourquoi Scott a décidé de s'installer ici ? De quitter le domicile familial ?

– Oui. Après la mort de son mari, Mme Wang a dû déménager et s'installer dans un logement minuscule, avec seulement deux chambres. Il y a à peine la place pour trois personnes. Quand j'ai réalisé l'état de ses finances, je n'ai pas hésité à offrir à Scott une chambre ici.

– Vos pensionnaires paient-ils un loyer ?

– Non. Ils sont tous nourris et logés. En échange, ils donnent quelques heures de cours par semaine.

– Tous les jeunes qui habitent ici sont originaires de Chinatown ?

– Oui.

– Et comment arrivez-vous à financer votre centre ?

– Nous recevons des bourses et nous avons plusieurs salles d'entraînement dans lesquelles nous donnons des cours payants. Pour enfants et pour adultes.

– OK…

Je sors le mandat de fouille que Keefe a réussi à obtenir.

– Monsieur Sun, nous avons l'autorisation de fouiller la chambre de Scott.

Il se tend pour la première fois.

– Maintenant ?

– Oui. J'aimerais commencer par y jeter un rapide coup d'œil, puis une équipe d'experts scientifiques va venir l'examiner en détail. Ils attendent juste dehors.

– Vous voulez que je demande à Lisheng de vous ouvrir ? Je pense qu'il devrait être là aussi... C'est également sa chambre.

– Pas de problème. Vous savez où il est actuellement ?

– Oui. En train de donner un cours de judo.

15.

SUN TAO ACADEMY
123 EAST PENDER STREET
11:29

Sun Tao ouvre la porte d'une de ses salles d'entraînement et une explosion de bruits s'engouffre dans le couloir : le son de corps qui s'écrasent sur des tatamis et de mains qui frappent le sol pour mettre fin à des clés de cou.

Je balaie vite la salle du regard et je compte une quarantaine d'enfants âgés de 7-8 ans, supervisés par deux enseignants facilement reconnaissables à leur taille et à la ceinture noire nouée autour de leur kimono. Sun Tao interpelle l'un d'entre eux en chinois, et je vois un jeune débouler sur nous à toute vitesse. S'arrêter net à la limite du tatami… Le saluer en basculant le torse vers l'avant… Puis se planter devant nous.
Bien droit.
Les bras croisés dans le dos.
– Agent Kovacs, voici Wu Lisheng. Le jeune homme avec qui Scott partage sa chambre.

Wu Lisheng se raidit en entendant le nom de Scott et me jette un regard sombre. À la limite de la menace.
— Lisheng, Mme Kovacs a besoin d'étudier les affaires de Scott et j'aimerais que tu…
— Maintenant ?
— Oui.
— Est-ce que je peux au moins…
— Non.
Le ton de Sun Tao est sans appel. Mais Wu Lisheng ne se démonte pas.
— Vous avez un mandat ?
Je ne me démonte pas non plus.
— Oui.
— Je peux le voir ?
— Bien sûr.
Je lui tends le document et j'attends qu'il ait fini de le parcourir, en notant la contrariété ouverte sur le visage de Sun Tao.
— Vous avez uniquement le droit de toucher aux affaires de Scott, c'est bien ça ?
— Oui. C'est exact. Mais vu que vous partagez la même chambre…
— Vous ne pouvez fouiller que son côté. Pas le mien.
Sun Tao intervient.
— Lisheng. Quelque chose de terrible vient d'arriver à Scott et je te demande de coopérer avec Mme Kovacs. De faire absolument tout ce qu'elle te demande. Tu m'entends ?

Le jeune homme acquiesce. Visiblement à contre-cœur. Sans poser la moindre question sur ce qui est arrivé à son meilleur ami. Puis il tend une main devant lui pour m'indiquer le chemin.
– Allons-y. C'est au premier étage.
Et sur son avant-bras musclé, nerveux, je ne vois aucun tatouage.

Dire que le décor de la chambre que partagent Wu Lisheng et Scott Wang est spartiate, est encore bien en-deçà de la réalité.
Environ deux mètres sur trois, un lit une place et un placard de chaque côté, une petite table posée devant une fenêtre, deux ou trois livres empilés dessus... Et une impression incontournable que tout a été tiré au cordeau.
– Vous pouvez rester sur le pas de la porte ?
Wu Lisheng acquiesce et fait un petit pas en arrière, avant d'ajouter d'une voix ferme :
– Scott dort sur la droite. Mes affaires sont sur la gauche. Vous n'avez pas le droit de les toucher.
– Je sais.
J'enfile une paire de gants en latex et je commence par ouvrir le placard de droite.
Deux kimonos de types différents. Des gants de boxe. Quelques vêtements. Une trousse de toilette. Trois paires de chaussures.

Rien d'autre.
– C'est le seul placard auquel a accès Scott ?
– Oui.
Wu Lisheng reste de marbre sur le pas de la porte et je continue.
Je soulève l'oreiller puis le matelas du lit.
Rien dessous.
Je glisse ma main sur les draps et sur la taie d'oreiller.
Rien non plus.
Je regarde les murs. Aucun poster, photo ou autre document affiché dessus.
Aucun signe que cet endroit sert de domicile à deux jeunes d'une vingtaine d'années.
Je vérifie que je n'ai rien oublié sur la moitié droite de la pièce, puis je m'accroupis devant la table basse.
Un mouvement qui fait instantanément réagir Wu Lisheng.
– Vous n'avez pas le droit de toucher à ça !
Il s'avance, attrape la pile de livres posée devant moi et se plante à quelques centimètres à peine de mon corps.
Menaçant.
– Ces livres m'appartiennent.
– Monsieur Wu… S'il vous plaît… Veuillez reculer de plusieurs pas et reposer ces livres sur la table.
– Non.
– Écoutez…
– Non. Votre mandat vous autorise uniquement à fouiller les affaires de Scott. Pas les miennes.

– Et qu'est-ce qui me prouve que ces livres vous appartiennent bien ?

Il ouvre le premier ouvrage et sort une carte de bibliothèque glissée sous la couverture.

– Ça.

WU Lisheng – #011215

Puis il referme le livre et j'ai juste le temps de voir deux choses : le titre imprimé sur la couverture – *Triades : à l'aube d'une domination mondiale ?* – et une carte bancaire glissée entre deux pages.

Je fais comme si je n'avais rien vu et je regarde le sac de sport posé sur son lit, dans lequel il vient d'enfouir les trois ouvrages.

– Vous avez l'intention d'aller quelque part ?

– Non.

– Et vous ne voulez pas savoir ce qui est arrivé à Scott ?

– Non.

– Je croyais que vous étiez amis ?

Il ne me répond pas.

– Vous savez que nous allons maintenant étudier cette pièce de façon poussée ?

– Sans toucher à mes affaires.

– Sans toucher à vos affaires. Mais le reste, sol, meubles, murs, etc. sont couverts par notre mandat.

– Allez-y. Nous n'avons rien à cacher.

– Vous savez aussi que nous allons utiliser des lampes à UV et toutes sortes d'appareils capables de détecter

la plus minuscule des traces ? Poudre, drogue, sang... Et que si jamais nous venions à trouver le moindre résidu de ce genre, vous risquez d'être impliqué dans une affaire criminelle ?
Toujours rien.
– OK...
Je sors mon portable pour appeler l'équipe d'experts scientifiques postés dehors et je lui donne une toute dernière chance.
– Vous voulez ajouter quelque chose ?
– Non.

16.

BUREAUX DU CSU
1135 DAVIE STREET
12:53

– Alors ?
– Une série de portes claquées au nez et de réponses monosyllabiques.

Nick s'assoit en face de moi à la table de réunion et enlève son blouson.
– Où est David ?
– Dans son bureau. L'un de ses informateurs a peut-être quelque chose : une série d'alias récents que Qian Shaozu aurait pu utiliser. Il nous appelle s'il a du nouveau.

Il ouvre une cannette de Coca et enchaîne.
– Et toi ? Qu'est-ce que tu as trouvé à la Sun Tao Academy ?
– Pas grand-chose… À en croire le responsable du centre, Scott Wang est un petit ange. Et pour l'instant, la fouille de sa chambre n'a rien donné. Et vous ?

Il boit quelques gorgées avant de me répondre.
– On est passés parler à Mme Wang comme prévu, ou plus exactement, on a essayé de parler à Mme Wang…

On a frappé à sa porte, elle nous a entrouvert et l'histoire s'arrête presque là. David lui a expliqué que son fils venait d'être arrêté, lui a énuméré les différents chefs d'accusation qui pèsent contre lui, et lui a demandé si on pouvait entrer. Ce à quoi elle a répondu catégoriquement non. Et même sans parler un mot de chinois, j'ai bien compris cet échange-là.
– Elle savait que son fils avait été arrêté ?
– Oui. En tout cas, elle n'a montré aucun signe de surprise quand on le lui a annoncé.
– Vous savez comment elle l'a appris ?
– Non.
– Et elle n'a pas essayé d'entrer en contact avec lui, ou avec nous, au cours des douze dernières heures ?
– Non. Elle nous a dit de la laisser tranquille, qu'elle n'avait pas vu Scott depuis des semaines, qu'elle ne savait pas où il était hier soir.
Une déclaration en contradiction complète avec les informations que Sun Tao vient de me donner.
– Tu as vu si ses autres enfants étaient avec elle ?
– Non. Mais son appart était silencieux. Elle donnait l'impression d'être seule.
– Vous en avez pensé quoi ?
– Qu'elle avait peur de nous parler, comme 99 % de la population de Chinatown. Mais comme on n'a pas de mandat pour fouiller son appartement, et aucune chance d'en obtenir un vu que Scott est majeur et qu'il n'habite plus chez elle depuis des mois, on ne pouvait

pas faire grand-chose d'autre... On lui a bien expliqué qu'elle pouvait nous appeler si elle avait la moindre question. Et on lui a laissé nos cartes, qui doivent déjà être au fond de sa poubelle...
– On peut mettre une patrouille devant chez elle, juste au cas où ?
– David a déjà demandé à ses supérieurs. Négatif. Apparemment, le VPD n'est guère enclin en ce moment à protéger la famille d'un homme accusé d'avoir tué un des leurs... Ce qui est plutôt compréhensible... Tout le monde est sur les dents là-bas et, à leur décharge, ils ont déjà peu de patrouilles disponibles pour ce genre de chose en temps normal, et encore moins aujourd'hui. Sans compter qu'ils en ont deux de placées devant le Golden Palace depuis la fusillade.
– Vous pouvez quand même essayer de repasser chez les Wang ce soir ? Juste au cas où elle change d'avis ?
– Déjà prévu.
– Merci.
Il finit la cannette de Coca et continue.
– Quant à l'employeur de Scott, on a eu droit à une litanie de « c'est un employé modèle », « toujours à l'heure », « poli, travailleur », « prêt à faire des heures supplémentaires »... Pareil que toi. Scott Wang est un petit ange. On aurait dû filmer ce qu'il a fait dans la ruelle.
Il baisse les yeux.
– Désolé. Mauvaise vanne.

– C'est bon.
Je repense à la carte bancaire.
– Il vous a dit comment il payait Scott ?
– Cash. Tous les vendredis soir.
– Combien ?
– C'est à ce stade qu'il a commencé à devenir monosyllabique comme les autres habitants du quartier. Apparemment, il le paie dix dollars canadiens de l'heure, mais, et je cite : « Ça dépend des semaines et des heures supplémentaires qu'il fait. » Notre théorie ? Soit il le paie en dessous du taux horaire minimum légal, soit il le fait travailler beaucoup plus d'heures que ses registres le montrent. Voire les deux.
– Officiellement, il travaille combien d'heures par semaine ?
– Vingt.
– Y compris le week-end ?
– Surtout le week-end.
Je note de demander à Keefe de vérifier tout compte en banque que pourraient avoir Scott Wang et Wu Lisheng.
– Et côté porte-à-porte ?
– Rien. Sérieux… Je ne me suis jamais pris autant de portes claquées au nez de ma vie.
Je lève les yeux en voyant Keefe entrer dans la pièce, avec un large sourire sur le visage.
– Bonne nouvelle ou bonne nouvelle ?

Il n'attend même pas notre réponse et pose une page de résultats d'analyse sur la table.
– Nous avons identifié notre troisième homme : Qian Shaozu. C'est son sang qui se trouvait sur le portail du parc Livingstone. À moins d'une terrible coïncidence, c'est bien lui qui a ouvert le feu sur Faith Donovan. Les traces étaient récentes. Et on a aussi retrouvé des gouttes de sang lui appartenant à l'intérieur de la camionnette.

Il entoure la photo de Qian Shaozu avec un marqueur sur le tableau blanc.

– J'ai déjà lancé un avis de recherche international à son nom. FBI Most Wanted. Notice rouge Interpol. Il faudra quelques heures avant qu'il soit bien diffusé, mais je pense qu'on peut maintenant officiellement déclarer tous nos suspects comme étant identifiés.

– Excellent.

– Et au cas où cela ne suffirait pas dans le département des bonnes nouvelles... L'approche de David a marché. On a un mandat pour interroger Zhao Ming dans un lieu de notre choix. Et vu que l'équipe de surveillance placée devant le Golden Palace vient de le voir arriver dans son bureau, je dirais que vous avez rendez-vous d'ici peu avec notre cher Dragon rouge...

Il dessine un panneau d'avertissement sous la photo de Zhao Ming.

– Seule ombre au tableau... Nous n'avons, en aucune manière, et sous aucun prétexte, le droit de fouiller le

Golden Palace ou de toucher aux affaires de Zhao Ming. Il peut décider de nous parler, ou de garder le silence, nous n'avons absolument rien à ce stade pour le retenir contre son gré ou l'inculper de quoi que ce soit. Enfin...
Il me tend le mandat et un message.
– Connie a aussi du nouveau. Elle aimerait que tu passes la voir au labo dès que possible. Tu veux que je lui dise d'ici une heure ? Dès que tu auras fini au Golden Palace ?
– Si tu peux. Merci.
– De rien.

17.

GOLDEN PALACE
273 EAST PENDER STREET
14:00

Le bureau de Zhao Ming est un modèle de symétrie – et de mauvais goût. Décoré d'objets aussi clinquants les uns que les autres, dont une bonne dizaine agencés par paires : deux vases chinois dressés au pied d'une fenêtre, deux tableaux identiques accrochés face à face sur les murs, deux cendriers en jade posés dans les angles d'une table en bois sombre.

Et comme si Zhao Ming ne voulait pas être de reste dans un tel décor, il arbore fièrement lui aussi plusieurs choses en double : menton, chaîne autour du cou et gardes du corps. Deux montagnes de muscles et de silence plantées de chaque côté de son bureau.

– Agent Kovacs et détective Ballard, c'est bien ça ? Entrez…

Il nous fait signe de nous asseoir sur deux fauteuils placés devant son bureau et, immédiatement, concentre toute son attention sur moi.

– Je peux voir votre badge et celui de votre partenaire ?
– Naturellement...
Tactique d'intimidation numéro 1.
Je sors ma plaque et avant que j'aie le temps de la lui tendre, elle finit entre les mains d'un de ses deux dobermans de service.
Je vois la même chose arriver à celle de Nick et le garde du corps se met à parler à voix basse dans un petit micro accroché à l'intérieur de sa manche.
– Agent Kovacs, Kate. Numéro de badge : FBI-1511191. Détective Ballard, Nick : VPD-2802.
Puis il nous rend nos badges, sans un mot, et Zhao Ming enchaîne.
– Désolé pour ce bref épisode... Mais ma sécurité et celle de mes employés sont primordiales.
Je reste de marbre.
– Monsieur Zhao...
Il allume un cigare au moment exact où je prends la parole et fait signe à ses deux gardes du corps de se placer derrière nous.
Tactique d'intimidation numéro 2.
– J'imagine que vous savez qu'une fusillade a eu lieu la nuit dernière devant le Chinatown Plaza.
– Oui.
– Et que trois de vos employés sont soupçonnés d'y avoir participé ?
Il fronce les sourcils.

—Non. Si mes informations sont correctes, *deux* de mes *ex*-employés sont soupçonnés d'y avoir participé. Je lui tends une feuille sur laquelle on peut voir les photos de Feng Huaren, Qian Shaozu et Scott Wang.
— Vous pouvez me dire si ces deux employés figurent sur ce document ?
— Oui. Première et deuxième photo.
— Vous connaissez l'identité de la troisième personne ?
— Non.
— Est-il possible qu'il fasse partie de vos employés sans que vous le sachiez ?
— Non.
— Vous vérifiez l'identité de chaque personne amenée à travailler pour vous ?
— Oui.
— Vous êtes donc catégorique : vous ne connaissez pas l'identité de l'homme qui figure sur la troisième photo ?
— C'est exact.
— Vous pouvez confirmer l'identité des deux premières personnes ?
— Oui. Il s'agit de Feng Huaren et de Qian Shaozu. J'ai immédiatement mis fin à leur contrat en apprenant ce qui s'était passé hier soir.

Je ne relève pas le fait que licencier Feng Huaren était plutôt futile après la fusillade.

— Depuis combien de temps ces deux hommes travaillaient-ils pour vous ?

– Environ trois ans. Ils étaient responsables de la sécurité de cet établissement… Et je pensais qu'ils faisaient partie des membres les plus dévoués et loyaux de mon organisation.
– De la TDR ?
Il éclate de rire.
– Non. Vous savez bien que toutes ces allégations sont sans fondement, agent Kovacs…
Je sens Nick commencer à perdre patience et j'enchaîne.
– Vous n'avez aucun lien avec la TDR ?
– Non, bien sûr que non. Je suis un homme d'affaires respectable. Le fait que mon empire contrôle une partie de ce quartier ne signifie en rien que mes activités soient illégales. Au contraire. Je sponsorise plusieurs organisations caritatives de la région. Je donne régulièrement de l'argent au Centre culturel chinois. Et ma fondation a généreusement contribué à la rénovation de plusieurs bâtiments dans la zone historique de Chinatown.
– Vous pouvez m'expliquer, alors, comment deux de vos employés ont pu finir impliqués dans une fusillade comme celle qui a eu lieu hier soir ?
– Non…
Il tire une bouffée de cigare plus importante que les précédentes et prend son temps pour la relâcher dans ma direction.
– Si j'avais su ce qu'ils faisaient pendant leur temps libre, je les aurais licenciés il y a bien longtemps.

Je change de sujet.
– Vous savez où se trouve actuellement Qian Shaozu ?
– Non.
– Quand l'avez-vous vu pour la dernière fois ?
– Il y a deux mois.
– Et vous avez eu des contacts avec lui depuis ?
– Oui. Par téléphone. Mais vu la taille de mon empire, je suis bien sûr obligé de déléguer des pans entiers de mon activité. Qian Shaozu et Feng Huaren étaient responsables du bon fonctionnement de cet établissement. Et ils avaient une marge de manœuvre importante en ce qui concerne son administration et sa sécurité.
– Qui incluait l'utilisation d'armes semi-automatiques pour le défendre ?
– Non.
Il continue en tirant sur son cigare.
– Encore une fois, tout ce que Feng et Qian ont fait hier soir ne dépend que d'eux. Je n'étais pas là. Cela fait près de deux mois que je n'ai pas mis les pieds au Canada.
– Vous étiez où ?
– En Asie et en Europe.
Il sourit en entendant sa réponse. Comme si d'avoir mentionné le nom de continents et non pas ceux de pays ou de villes était une preuve supplémentaire de son pouvoir.

Tactique d'intimidation numéro 3.
– Et hier soir ?

– J'étais à New York. Vous pouvez vérifier. Je viens d'arriver à Vancouver. Vol AC 329.

Il attend une réaction. À la place, je lui tends une photo de l'homme que nous avons retrouvé mort sur Shanghai Alley.

– Monsieur Zhao, avez-vous jamais vu cet homme ?
– Non.
– Vous en êtes sûr ?
– Oui.
– Vous serait-il possible de nous fournir les bandes vidéo des caméras braquées tout autour de votre établissement, afin que nous puissions confirmer ce que vous venez de nous dire ?
– Sûrement pas.
– Nous pouvons obtenir un mandat pour vous forcer à le faire.
– Bonne chance.

Il regarde sa montre. Aussi serrée autour de son poignet que le nœud de sa cravate autour de son cou bouffi de gras.

– Je ne voudrais pas être impoli, mais j'ai un appel téléphonique important à passer dans moins de deux minutes. Vous avez fini ?

Il se lève pour bien me faire comprendre que sa question était purement formelle.

– Oui. Pour l'instant. Vous n'avez pas l'intention de quitter Vancouver dans les heures qui viennent ?
– Non. Mon prochain vol ne décolle que demain soir.

– Vers où ?
– Hong-Kong.
– À quelle heure ?
– 01:45.

18.

COMMISSARIAT CENTRAL DU VPD
2120 CAMBIE STREET
15:11

– Qu'est-ce que tu as trouvé ?
– Assez de choses pour remettre en cause à peu près toutes les théories qu'on avait jusqu'à présent...
Connie ouvre un des dossiers posés devant elle et enchaîne. Avec le même degré de calme et de professionnalisme que la dernière fois que je l'ai vue. Il y a près de douze heures.
– 1) Les gants de Feng Huaren. On a enfin le rapport complet du labo et en prenant en compte l'effet qu'a pu avoir la combinaison d'eau de pluie et de boue, la quantité de résidus de poudre retrouvée est largement supérieure à celle retrouvée sur les mains de Scott Wang.
– Combien de fois supérieure ?
– Trente fois. Ce qui veut bien sûr dire que Feng Huaren est probablement celui qui a ouvert le feu avec l'arme en question, et que Scott Wang ne l'a que touchée.
– Ces résultats tiennent la route si on les présente devant un jury ?

– Oui et non, vu qu'il s'agit d'une extrapolation. Les données brutes restent qu'il y avait des résidus de poudre sur les mains de Scott Wang, et aucun sur celles de Feng Huaren.
– On a bien prouvé que les gants appartiennent à Feng Huaren ?
– Oui. ADN à l'intérieur. 100 % le sien.

Elle continue à feuilleter son dossier et me montre le pistolet H & K posé sur une table avoisinante.

– Quant à l'arme avec laquelle le sergent Colson a été abattu, Johnson a bien confirmé qu'elle s'est enrayée à cause de, et je cite : « une quantité substantielle de boue qui s'est infiltrée via les fentes du mécanisme de détente ». Une boue qu'on a analysée et qui correspond bien à celle qui se trouvait sur le carrefour.
– On sait si quelqu'un a essayé de tirer, après que le H & K s'est enrayé ?
– Affirmatif. Le percuteur a été actionné au moins une fois après. Il a laissé des traces d'impact sur la balle qui se trouvait dans la chambre, mais le coup n'est pas parti.
– Et aucune trace de boue correspondant à celle qui se trouvait devant le parc Livingstone n'a été retrouvée sur Shanghai Alley ?
– Si, mais en quantité infime.
– Semelles de Scott Wang ?
– Oui. Les crampons de ses chaussures étaient couverts de boue. Ce qui veut dire, entre ça et le rapport

balistique, que le H & K a été utilisé ainsi... Une première fois pour tirer sur le John Doe de la ruelle, une balle. Une deuxième fois pour tirer sur le sergent Colson, deux balles. Puis il a fini sur le bitume du carrefour, a été contaminé par de la boue et de l'eau, et quelqu'un a essayé ensuite de l'utiliser une troisième fois ; sans succès.

Elle change de dossier et son visage se durcit.

– 2) Scott Wang. Tatouage.

Je regarde la série de photos qu'elle est en train d'étaler sur la surface qui nous sépare : des clichés du tatouage que Scott Wang a sur le poignet, agrandis à des pourcentages plus ou moins élevés.

– Il s'agit bien d'un tatouage identique à celui qui a été retrouvé sur plusieurs membres de la TDR, abattus ou arrêtés à Hong-Kong et à New York.

– Aucun ici ?

– Non.

Elle me montre un fichier d'identification de différents tatouages : gangs, triades, sectes, etc.

– J'ai bien tout comparé – taille et traits – et le tatouage de Scott Wang correspond à celui qu'utilisent les membres de la TDR. Rien à signaler de ce côté-là...

J'attends le « mais ».

– À un détail près...

Elle me tend l'un des clichés.

– Tu vois les zones rouges qu'il y a autour du tatouage ?

– Oui.
– Au départ, on a pensé qu'il s'agissait du résultat d'un des coups que Scott Wang avait reçus, mais ce n'est pas le cas… Si tu regardes bien, les marques n'apparaissent que sur les contours de l'idéogramme. Ni entre les traits, ni franchement à l'extérieur.
– C'est un tatouage récent ?
– Oui. Ou plus exactement très récent. J'ai comparé avec les banques de données qu'on a sur le sujet et tout semble indiquer que le tatouage remonte à 12 ou 24 heures. Au plus.
– On n'a bien sûr qu'une chance infinitésimale de retrouver qui l'a fait ?
– Oui. Je doute que la TDR ait utilisé l'un des salons de tatouage de la ville. Sans compter qu'il s'agit d'un tatouage extrêmement simple : quelques traits, une seule couleur. Même un amateur avec un peu d'équipement devrait pouvoir le faire en moins d'une heure.
– L'idéogramme veut bien dire « Dragon rouge » ?
– Non. C'est uniquement le nom donné au domino du Mah-Jong sur lequel il figure. L'idéogramme lui-même veut dire « centre ». En tout cas, c'est ce que les fichiers de la TDR indiquent.
– Je croyais que tu parlais chinois ?
Elle s'arrête et me regarde droit dans les yeux. Avec une intensité qui me prend complètement par surprise.
– Oui. Je parle bien chinois, ou plus exactement cantonais. Mais je sais très mal le lire.

– Désolée... Je ne voulais pas te mettre mal à l'aise...
– Non. Cela n'a rien à voir avec toi.
Elle hésite.
– C'est juste que... Ce n'est pas particulièrement facile de voir sa culture d'origine faire ainsi la une des journaux... C'est comme si nous n'étions venus ici que pour augmenter les problèmes sociaux de la ville, ce qui est loin d'être le cas.

C'est la première fois que je l'entends utiliser le pronom « nous » de cette façon.

– Connie, tu sais bien que près de 40 % de la population de Vancouver est d'origine asiatique... Les hommes comme Qian Shaozu et Feng Huaren ne représentent qu'une infime minorité de ce chiffre.
– Ce n'est probablement pas ce que vont penser les lecteurs du *Vancouver Sun* demain matin.
– Tu veux arrêter de bosser sur cette enquête ?

Son visage se durcit de nouveau.
– Non. Au contraire.
– Mais tu sais que tu peux le faire.
– Oui. Merci.

Elle enchaîne ; probablement encore plus mal à l'aise que moi quand il s'agit d'aborder des sujets personnels.
– 3) Rapport toxico... De loin l'élément le plus étrange à ce jour.

Elle me tend une fiche d'analyses et continue.
– Scott Wang était bien sous l'influence de puissants stimulants quand vous l'avez arrêté, un mélange de

méthamphétamines et de STA – de stimulants de types amphétaminiques. Ce qu'on savait déjà plus ou moins… Mais l'homme retrouvé sur Shanghai Alley avait exactement le même cocktail dans le sang.
– Exactement le même ?
– Oui. Même mélange. Même dose. Même composition chimique.
– Absorbé comment ?
– Par voix orale ou fumé. On n'a retrouvé aucune trace d'injection intraveineuse.
– On connaît l'origine des drogues en question ?
– Oui. Il s'agit d'un mélange fréquemment vendu par la TDR. On pense qu'il est produit dans une série de labos éparpillés à travers le monde. En raison de la simplicité de la structure chimique des amphétamines, c'est un mélange à la fois facile et bon marché à produire. Avec une bonne marge bénéficiaire à la clé.
– Tu as la liste des effets possibles ?
– Oui.
Elle sort une nouvelle feuille de son dossier.
– Agressivité, violence, résistance à la douleur, hallucinations… Et on ne parle pas ici de réactions légères. Avec ce type de mélange, elles sont extrêmes. Certaines personnes sous l'effet de ces drogues se sont relevées après avoir été atteintes de plusieurs balles tirées à bout portant.
– Tu as des détails sur le type d'hallucinations que ce mélange peut entraîner ?

– Oui. Visions très réalistes, souvent effrayantes, avec perceptions sensorielles accrues : sons, images, goûts, etc. Le thème dominant est un sentiment de paranoïa extrême qui peut entraîner des comportements totalement imprévisibles.

– C'est un mélange qui peut entraîner la mort ?

– Oui. Soit parce que le toxicomane se croit capable d'affronter des situations incroyablement dangereuses – comme sauter d'un toit ou s'attaquer à mains nues à un adversaire armé jusqu'aux dents –, soit parce que son corps réagit aux effets chimiques du mélange : hypertension, rythme cardiaque accéléré, sudation excessive, convulsions, etc. Dans certains cas, la mort est entraînée par simple déshydratation.

– On a une idée de la quantité de drogue que Scott Wang avait dans le sang quand on l'a arrêté, et du moment où il l'a ingérée ?

– Non, pas de façon précise. On pense que la dose était bien au-dessus du seuil considéré comme dangereux, mais on n'a aucun moyen de savoir exactement quand il l'a prise. Selon les sujets, l'effet de STA peut durer de 8 à 24 heures, voire 48 dans certains cas. Avec des problèmes d'insomnie et de vision brouillée qui peuvent durer pendant des jours après une forte dose. C'est peut-être un type de drogue bon marché, mais aussi un mélange incroyablement dangereux.

Elle me tend trois nouveaux rapports d'analyses.

– Enfin, derniers résultats… 4) Les traces de ligatures sur les poignets de Scott ont été causées par une corde à fibres synthétiques de type Nylon, plutôt fine. De celles qui immobilisent bien en coupant à la fois la circulation dans les mains et en « brûlant » la surface de la peau – surtout si la personne ligotée se débat. D'où les marques importantes qu'on a retrouvées.

5) L'examen poussé de la camionnette : tous les échantillons d'ADN prélevés à l'intérieur appartenaient bien aux quatre hommes dont nous connaissons l'existence : Feng Huaren, Qian Shaozu, Scott Wang et le John Doe de Shanghai Alley. Aucune empreinte digitale appartenant à Feng Huaren et Qian Shaozu n'a par contre été retrouvée, ce qui confirme bien qu'ils devaient tous les deux porter des gants. Plus en détails : on a retrouvé des traces de sang plutôt conséquentes appartenant à Scott Wang et à la victime de la ruelle, et quelques-unes beaucoup moins importantes appartenant à Qian Shaozu. Le reste était composé de gouttes de salive, transpiration, fibres capillaires, résidus dermiques, etc. Enfin…

Elle me fait signe de tourner la page.

– 6) Quelque chose qui ne colle pas avec le témoignage des deux officiers du VPD qui sont arrivés en premier sur les lieux…

Elle s'arrête pour me laisser le temps de lire les lignes de résultats imprimés sous mes yeux – et ne pas avoir à formuler à voix haute ce qu'elles impliquent.

– Vous êtes sûrs ?
– Oui.
Elle hoche la tête et je relis une deuxième fois la série de résultats. Puis je sors mon portable pour organiser le dernier interrogatoire que je voulais ajouter à ma liste.

19.

COMMISSARIAT CENTRAL DU VPD
2120 CAMBIE STREET
16:00

Je m'assois face à Tony O'Brien et Lee Yung dans une des salles d'interrogation du Central et je pose mon dictaphone sur la table qui nous sépare.
– Votre supérieur hiérarchique vous a bien dit de quoi il s'agissait ?
– Oui.
Comme sur le carrefour du Chinatown Plaza, c'est le sergent O'Brien qui me répond en premier.
– Vous voulez prendre notre déposition officielle sur ce qui s'est passé cette nuit.
– C'est exact.
J'enfonce les touches PLAY et RECORD et je me lance en essayant de rester la plus froide possible.
– Sergent O'Brien, pouvez-vous commencer par me dire ce qui s'est passé exactement hier soir, quand vous et votre partenaire avez été contactés par le Central ?
– Nous étions en train de patrouiller le Skid Row, juste à côté de Chinatown, quand nous avons reçu un appel

indiquant qu'une unité avait besoin de renforts, sur le carrefour de Columbia et de Keefer Street. Qu'un officier était à terre.

– Le Central vous a-t-il donné des détails ?
– Non. Juste que l'appel venait de la patrouille E72. De Colson et de Donovan.
– Vous connaissiez bien les deux officiers en question ?
– Oui. Nous ne sommes que six unités à couvrir en alternance le district 2. Nous nous connaissons tous.
– Votre dossier indique que vous avez fait équipe avec le sergent Colson dans le passé, pendant près de six ans. Pourquoi avez-vous changé de partenaire ?
– Je n'ai pas « changé » de partenaire. On nous a assignés à tous les deux une nouvelle recrue. Si j'avais eu le choix…

Il s'arrête net.

– Rien.
– Sergent O'Brien, votre dossier indique aussi que vous avez été réprimandé pour une altercation qui a eu lieu près du Centre culturel chinois il y a quelques mois. Au cœur de Chinatown.
– Juste un malentendu.
– Plusieurs témoins vous ont entendu proférer des menaces et des insultes racistes à l'égard d'un membre du public.
– Qui faisait obstruction à l'une de nos enquêtes.
– Vous confirmez donc bien avoir insulté la personne en question ?

– Oui. Et je me suis excusé formellement à plusieurs reprises. À la fois sur le terrain et dans le cadre de la mesure disciplinaire qui a suivi.
– Vous avez été suspendu pendant une semaine.
– C'est exact.

Je fais une petite pause et j'enchaîne.

– Sergent O'Brien, avez-vous le moindre problème avec le district auquel le VPD vous a assigné ?
– Non. C'est un quartier difficile, mais je ne suis pas devenu sergent pour poser des PV sur des pare-brise. Patrouiller dans ce genre de secteur est ce que j'ai toujours voulu faire.

Il regarde nerveusement le dictaphone posé devant lui.

– Vous voulez en venir où ?

Je fais glisser les résultats des échantillons d'ADN prélevés sur leurs mains et sur leurs uniformes.

– Les traces de sang que vous aviez sur vous hier soir appartiennent toutes à deux types différents.
– C'est-à-dire ?
– Elles correspondent aux profils ADN du sergent Donovan et du sergent Colson.
– Et ?
– Aucune d'entre elles ne correspond au profil ADN de Feng Huaren.

Sur sa gauche, je vois Lee Yung se mettre à déglutir avec difficulté.

– Vous m'avez pourtant bien dit que vous et votre partenaire aviez essayé de l'aider ?

– C'est exact.
– Sans le toucher ?
Il y a un long moment de silence.
– Sergent Yung ?
Aucun des deux n'arrive à me regarder dans les yeux.
– Écoutez… Voilà ce que je pense… Quand vous êtes arrivés sur le carrefour du Chinatown Plaza et que vous avez compris ce qui venait de se passer, vous n'avez pas aidé Feng Huaren. Volontairement. Vous avez concentré tous vos efforts sur le sergent Donovan et sur le sergent Colson.
– C'est faux.
O'Brien plisse les yeux en entendant son partenaire répondre avant lui et je lui fais signe de laisser Yung continuer.
– Quand j'ai vu qu'il était blessé, j'ai voulu l'aider.
– Mais ?
– J'ai paniqué. J'ai vu le flingue juste à côté de lui et le corps d'Alec au milieu du carrefour, et je n'ai pas pu. J'ai éloigné l'arme et je l'ai gardé en joue jusqu'à ce que le 911 arrive.
– Pendant combien de temps ?
– Je ne sais pas… Deux-trois minutes… Pas plus.
Je me retourne vers O'Brien.
– Et vous, qu'avez-vous fait pendant que votre partenaire avait son arme braquée sur Feng Huaren ?
– J'ai essayé de voir si je pouvais aider Alec… Mais il était déjà mort… Alors je me suis occupé de Faith…

– Elle était bien derrière sa voiture de patrouille, comme vous me l'avez dit ?
– Oui. Blessée.
– Encore armée ?
– Oui. Elle tenait son pistolet à deux mains. Braqué vers le sol.
– C'est vous qui l'avez désarmée ?
– Oui.

Il se racle le fond de la gorge.

– Vous l'avez vue… Elle était en état de choc…
– Je sais.

Je fais glisser une photo de Scott Wang et une de l'homme retrouvé mort sur Shanghai Alley vers eux.

– Vous avez déjà vu ces deux hommes ?
– Non.

Je me tourne vers Lee Yung.

– Et vous ?
– Non plus.
– Vous en êtes sûrs ?
– Oui.

Réponse en chœur.

Je range les photos et j'enchaîne.

– Quand vous êtes arrivés sur les lieux de la fusillade, vous n'avez vu personne d'autre ? Juste le sergent Colson mort sur la chaussée, le sergent Donovan prostrée derrière son véhicule, et Feng Huaren blessé au milieu du carrefour ?
– C'est exact.

– Sergent Yung ?
– Pareil. On n'a rien vu d'autre.
– OK… Vous n'avez rien d'autre à ajouter ?
– Non.

De nouveau une réponse en chœur.

J'éteins le dictaphone et O'Brien se remet immédiatement à parler.

– Vous allez faire quoi ?
– Pardon ?
– Vous allez mettre dans votre rapport qu'on n'a pas aidé Huaren ?
– Oui. Mais le reste ne dépend pas de moi.
– Vous allez passer ces informations aux Affaires internes ?!
– Oui. C'est à eux de décider si votre comportement mérite ou non une sanction.

O'Brien serre les poings et échange un long regard avec son partenaire avant d'enchaîner.

– Écoutez… Vous ne comprenez pas… Vous ne savez pas ce que c'est…
– Quoi ?
– Ce que ça fait de patrouiller dans un quartier comme Chinatown, jour et nuit… Pendant des mois et des mois… À quel point ça vous affecte… À quel point les membres de la TDR sont dangereux…

Il secoue la tête.

– Ça vous rend nerveux. Tout le temps. Et je sais, c'est justement ce que veut la TDR. Arriver à instaurer un climat de peur permanent… Mais c'est vrai… Parce que la vérité, c'est que les membres de la TDR sont littéralement prêts à tout, ce que la fusillade d'hier soir a bien prouvé… Lee n'a pas juste paniqué. Il s'est mis en mode d'autoprotection. Ce qui est humain. Vous ne pouvez tout de même pas nous accuser d'être humains, non ?

J'enchaîne avec difficulté.

– Encore une fois, ce n'est pas à moi de décider si des poursuites devraient ou non être recommandées dans votre cas.

– Sûr… Parce que Sheppard et ses hommes savent ce que ça fait de patrouiller dans un quartier comme Chinatown… Vous avez déjà vu le responsable des Affaires internes risquer sa peau sur le terrain ? Ne serait-ce qu'une seule fois ?

Je me lève et j'attrape ma veste.

– Écoutez… Dans tous les cas, vous n'avez pas respecté la priorité numéro 1 de votre mission : protéger la vie de toute personne présente sur les lieux d'un crime comme celui d'hier soir. Si cette fois-ci vous m'avez bien dit la vérité, Feng Huaren est resté désarmé, et blessé, pendant plusieurs minutes entre votre arrivée et celle du 911. Dans ce cas précis, avec ou sans votre aide, il serait probablement mort. Mais cela ne change rien au fait que vous avez laissé un homme saigné à blanc sur la chaussée. Sans rien faire.

– C'est facile à dire quand on débarque sur les lieux d'un crime dans une Volvo S-je-ne-sais-pas-combien après que tout est fini.

Je lui lance un regard d'avertissement et il s'arrête net.

– Excusez-moi.

Je passe mon sac sur l'épaule et je pose ma carte sur la table.

– Si jamais vous vous souvenez de quoi que ce soit d'autre sur ce qui s'est passé hier soir. Contactez-moi. Immédiatement. OK ?

– OK.

Et je sors de la pièce sans ajouter un mot.

20.

BUREAUX DU CSU
1135 DAVIE STREET
17:05

– Rien du côté des deux flics ?
– Non.
Je m'assois face à Keefe à la table de la salle de réunion.
– Ils disent n'avoir jamais vu les deux hommes de Shanghai Alley, et O'Brien semble juste m'avoir menti hier soir pour couvrir son partenaire, qui n'aurait pas eu le courage de s'approcher de Feng Huaren pour l'aider.
– Ce qui est plutôt compréhensible, vu ce qui t'est arrivé dans la ruelle.
Malgré moi, je baisse les yeux en entendant le commentaire de Keefe et il enchaîne.
– Naturellement, ce n'est pas le sujet de conversation au top de ta liste. Désolé.
– C'est bon.
Je regarde la masse de dossiers étalés devant lui.
– Du nouveau ?

– Oui. Mais pas le genre de « nouveau » que tu devais espérer…
Il fait une petite grimace et je m'attends au pire.
– Sheppard veut te voir. Avec Nick.
– Tu plaisantes ?
– Non. Re-désolé. Je ne m'amuserais pas avec un truc pareil.
Je me passe la main dans les cheveux.
– À quelle heure ?
– À la demie. Ici. J'ai déjà prévenu Nick.
– Il sait au moins qu'on travaille sur un triple homicide ?
– Oui. Je ne me suis pas gêné pour le lui rappeler. Mais tu connais Sheppard, quand il a une idée en tête…
– Il t'a dit pourquoi il voulait nous voir ?
Il grimace de nouveau.
– Oui. Et avant que tu fasses quoi que ce soit, laisse-moi juste te rappeler que je ne suis que le messager…
Je souris.
– Vas-y. Je ne mordrai pas.
– Il veut prendre votre déposition sur ce qui s'est passé dans la ruelle.
– Qu'est-ce que cela a à voir avec sa division ?
– Suspect roué de coups. Pas de témoins à part vous deux. Tu connais la suite.
– Il pense qu'on a tabassé Scott Wang ?
– Et de nouveau, je ne suis que le messager…
Je me lève et je regarde ma montre.
– Où est Nick ?

– Avec David. Ils essaient de voir si on n'a rien raté sur les lieux du crime.
– Tu lui as dit pourquoi Sheppard voulait nous voir ?
– Pas exactement…
– Mais tu lui as dit que Sheppard voulait nous voir ?
– Heu… Techniquement non… Je lui ai dit d'être ici à 17:30, et que c'était important. Mais sans lui donner de détails…
– Sans quoi, il aurait fait exprès d'être en retard… Voire il ne se serait jamais pointé.
– C'est toi qui l'as dit.

J'attrape mes affaires et je balaie la table du regard.
– Des choses que je devrais lire là-dedans ?
– Affirmatif.

Il me tend une pile de dossiers.
– Liste des déplacements effectués par Zhao Ming au cours des trois derniers mois. Situation financière de la famille Wang. Plus le dossier du VPD sur la mort de Wang Jintao, le père de Scott.
– Qui dit ?
– Que sa mort était accidentelle, ou plus exactement, qu'elle a été classée comme telle. Les enquêteurs ont conclu que M. Wang était tombé du sixième étage d'un immeuble en construction, après avoir travaillé pendant plus de 24 heures d'affilée… Ils ont aussi admis qu'il y avait une possibilité qu'il se soit suicidé, mais rien pour prouver qu'il ait été poussé ; assassiné.

– Côté argent ?
– Pas encore eu le temps de retracer à qui il le devait.
– OK.
– Je t'appelle dès que Sheppard débarque ?
– S'il te plaît. Merci.

J'attrape la pile de dossiers et je me dirige vers mon bureau, tout en décrochant mon portable qui vient de se mettre à sonner.

– Agent Kovacs.
– David Ho.
– Du nouveau ?
– Oui...

J'entre dans la pièce et je pousse vite la porte derrière moi.

– On vient de retrouver la trace de Qian Shaozu.
– Où ?
– New York.

Je pose la pile près de mon ordinateur.

– Il a pris un vol de Seattle tôt ce matin. Continental Airlines. Billet acheté par téléphone. Carte Visa.
– Il a utilisé son propre nom ?
– Non. Un alias : Han Zhengfu, l'un de ceux qui figuraient sur la liste que notre informateur nous a donnée ce matin. C'est comme ça que je l'ai retrouvé.
– On est sûr que c'était bien lui ?
– Oui. Je viens d'appeler le responsable de la sécurité à Newark et il a comparé la photo de Qian Shaozu

à celles des passagers qui ont débarqué de ce vol. Aucun doute possible.
– Et du côté de Seattle ?
– Pareil. Leurs cassettes vidéo confirment qu'il a bien pris le vol CO 1580. Départ de Seattle à 08:15. Arrivée à New York à 16:20 heure locale – 13:20 pour nous.
– On sait comment un homme avec un avis de recherche international à son nom a pu passer à travers la sécurité de deux aéroports internationaux ?
– Oui. L'avis n'a été diffusé qu'à 14:00. Qian a débarqué juste avant.
– On l'a raté à 40 minutes près ?
– Je sais…
Je regarde ma montre : H-10 pour Sheppard. J'enchaîne vite.
– Tu as déjà contacté quelqu'un au NYPD ?
– Oui. Henry Woo. Le responsable de la DCOA locale. Il m'appelle si Qian refait surface.
– Excellent. Du nouveau côté Chinatown ?
– Non. Rien. C'est comme si la fusillade n'avait jamais eu lieu.
Je vois la tête de Keefe apparaître dans l'entrebâillement de ma porte.
– Écoute, David, il faut que j'y aille. Tu me tiens au courant ?
– Je n'y manquerai pas.
– Et encore merci pour ton aide.
– De rien.

Je raccroche et je ferme les yeux de frustration en voyant la silhouette de Greg Sheppard apparaître de l'autre côté des parois vitrées de mon bureau.

21.

BUREAUX DU CSU
1135 DAVIE STREET
17:30

– Agent Kovacs... Détective Ballard... Merci d'avoir accepté de me parler...
Greg Sheppard, le responsable de la Division des affaires internes, s'assoit face à nous à la table de la salle de réunion et sort une série de dossiers qu'il pose devant lui.
Lentement...
Méticuleusement...
En s'assurant qu'aucun document ne dépasse de la pile. Comme si lui et nous n'avions rien de mieux à faire que de nous assurer de la régularité d'un tas de papiers.
– Je sais à quel point vous êtes occupés aujourd'hui...
Manifestement non.
– Et je serai donc aussi bref que possible.
Il pose un dictaphone sur la table, braqué dans notre direction, et je ne peux m'empêcher de remarquer à quel point son apparence physique correspond à sa personnalité.

Mains longues et fines. Costume-cravate taillés et coordonnés à la perfection. Visage banal qui rend son âge difficile à juger… Et des chaussures noires bien cirées, brillantes, qui attirent votre attention de la pire façon qui soit : comme un gamin capricieux qui vous tire par le bras.

Une caricature de bureaucrate.

– Comme vous le savez, le but de cet exercice est d'établir de façon formelle ce qui s'est passé hier soir dans la ruelle connue sous le nom de Shanghai Alley, alors que vous arrêtiez un jeune homme soupçonné d'avoir commis un ou plusieurs actes de violence.

– Homicides.

Je plisse les yeux en entendant le commentaire de Nick. Déjà consciente qu'il s'agit probablement du premier d'une longue liste.

– Si vous voulez… Disons donc : « d'un jeune homme soupçonné d'avoir commis un ou plusieurs meurtres ».

– Merci.

Nick : 1. Sheppard : 0.

Je fixe du regard le voyant rouge du dictaphone pour ne pas perdre de vue qu'indépendamment de toute l'antipathie que j'éprouve pour Greg Sheppard, il a le pouvoir de nous interroger aussi longtemps qu'il le souhaite et de rendre cette journée encore plus pénible qu'elle ne l'est déjà.

– Agent Kovacs, j'aimerais tout d'abord commencer par vous.

Quelle surprise...
– Pourriez-vous me dire, en détail, ce qui s'est passé quand vous êtes arrivée avec le détective Ballard sur Shanghai Alley ?
– Nous nous sommes tout d'abord assurés que les voitures de patrouille et l'ambulance que j'avais réquisitionnées en renfort étaient bien postées aux deux extrémités de la ruelle, hors de vue. Puis nous avons procédé à une fouille des lieux.
– Vous étiez à la recherche de quelque chose en particulier ?
– Oui. Le sergent Donovan, alors que je l'interrogeais sur le carrefour du Chinatown Plaza, avait mentionné la présence d'un « homme couvert de sang », qu'elle pensait avoir vu sur Shanghai Alley.
– Et vous avez jugé bon de procéder à la fouille en question à deux personnes seulement ?
– Oui. Nous avions de nombreuses pistes à explorer et des centaines d'indices matériels à gérer au même moment ; avec un effectif restreint pour le faire.
– En tant qu'officier supérieur responsable de cette enquête, n'auriez-vous pas plutôt dû juger bon de rester sur le carrefour du Chinatown Plaza, et d'envoyer une patrouille du VPD explorer la ruelle ?
– Oui. C'était une des possibilités. Mais en raison de l'aspect particulièrement violent de la fusillade qui venait d'avoir lieu, j'ai préféré ne mettre aucun autre officier de police en danger.

– À part bien sûr vous et votre partenaire ?
– Exact.
– Qu'est-ce qui vous a fait penser que votre vie et celle du détective Ballard étaient plus aptes, et je cite, à être « mises en danger » ?
J'hésite.
– Nous avons plus d'expérience de ce genre de situation et je voulais m'assurer que rien ne puisse déraper à nouveau.
– Vous pensez donc qu'une patrouille du VPD aurait moins bien fait ce travail ?
– Non. Ce n'est pas ce que j'ai dit. J'ai parlé d'expérience, pas de capacité.
Il sourit et continue.
– Quand vous avez donc exploré la ruelle en question avec votre partenaire…
Il nous regarde en succession rapide.
– Le terme « partenaire » s'applique bien dans votre cas ?
– Oui.
Nick ne se donne même pas la peine de lui répondre.
– Quand vous avez donc exploré la ruelle avec votre partenaire, qu'avez-vous trouvé ?
– Des traces de sang, suivies par un corps, puis par un deuxième homme. Apparemment inconscient.
– Vous étiez sûre que la première victime était morte ?
– Oui.
– À quoi ?

– Tout. La couleur de sa peau, sa position sur le sol, la dilatation de ses pupilles…
– Mais vous n'avez pas vérifié ?
– Non.

Sa façon de procéder est épuisante. Question-réponse. Question-réponse. Enchaînées avec une rapidité excessive pour essayer de déstabiliser son interlocuteur.

– Et vous avez décidé de considérer le suspect comme « apparemment inconscient » en vous basant sur quels critères ?
– Il ne bougeait pas. Son corps était affaissé contre un mur. Sa poitrine indiquait qu'il respirait encore.
– Mais il pouvait tout aussi bien faire semblant d'être inconscient ?
– Oui.
– Qu'avez-vous fait ensuite ?
– J'ai demandé à mon partenaire de me couvrir et je me suis approchée de l'homme pour voir dans quel état il se trouvait, et pour lui passer les menottes aux poignets.
– Dans cet ordre ?
– Pardon ?
– Vous vouliez d'abord vérifier dans quel état il se trouvait ?

Premier point pour lui.
– Oui.
– Pourquoi ?

– Parce qu'il avait l'air sérieusement blessé.
– Et vous n'avez pas pensé qu'il aurait peut-être été plus prudent de lui passer les menottes aux poignets *avant* de vérifier son état de santé ?
– Pas sur le moment.

Il sourit de nouveau.

– Que s'est-il ensuite passé ?
– Alors que je me penchais sur lui pour lui attacher les mains dans le dos, il m'a attrapée par le cou. Et il a sorti un couteau.
– Vous l'avez vu le faire ?
– Non.
– Vous savez où se trouvait le couteau ?
– Non. Probablement dans son poing ou dans l'une de ses poches. Je n'ai rien vu.
– Vous vous êtes donc penchée sur un suspect qui pouvait être encore armé ?
– Oui. Il n'y avait aucun autre moyen de le mettre hors d'état de nuire. Le fouiller pour voir s'il avait des armes sur lui, avant de le menotter, aurait été beaucoup plus dangereux.
– C'est ce que vous pensez.
– Oui. Basé sur des années d'expérience.
– Vous avez demandé l'avis de votre partenaire sur la meilleure façon de procéder ?
– Non. Le moment n'était guère propice à ce genre de conversation. C'était à moi de prendre cette décision. Et je l'ai prise le plus vite possible.

Sheppard se tourne vers Nick pour la première fois.
– Détective Ballard, que pensez-vous de la décision de votre partenaire à ce moment précis ?
– Je pense qu'elle a agi de la meilleure façon qui soit.
– Vous n'avez donc, à aucun moment, émis le moindre doute ou désaccord sur son comportement ?

Je repense au « Kate ? » inquiet qu'il a lâché alors que je me penchais sur Scott Wang, le signe qu'il n'était peut-être pas aussi à l'aise que j'aimerais le penser sur ma façon de procéder, mais il reste impassible devant Sheppard.
– Non.
– Vous n'avez pas trouvé cette décision dangereuse ?
– Non. Pas plus que les centaines d'autres que je l'ai vue prendre depuis qu'on fait équipe.
– Vous voulez dire que l'agent Kovacs a l'habitude de prendre des décisions qui peuvent être considérées comme « dangereuses » ?
– Non. Ce n'est pas ce que j'ai voulu dire.

Nick : 1. Sheppard : 1.

Je me tends malgré moi en réalisant les conséquences possibles de cet entretien. Plus sur mes relations avec Nick que sur tout rapport que Sheppard pourrait rédiger.
– Agent Kovacs, pouvez-vous me dire comment le suspect a réagi à ce moment-là ? Au moment où il a sorti son couteau ?

Immédiatement, une série d'images et de sons se mettent à flasher dans mon esprit.

Le bruit du couteau qui s'ouvre.

Les yeux remplis de haine de Scott Wang.
Le hurlement de Nick à l'arrière.
Et je peux de nouveau sentir la lame s'enfoncer dans mon gilet pare-balles.
– Agent Kovacs ?
– Il a essayé de me poignarder dans le ventre.
– « Essayé » ?
Je regrette de suite ma réponse et Sheppard s'engouffre dans la brèche que je viens de lui offrir.
– Je croyais que le dénommé Scott Wang vous avait poignardée dans le ventre et que votre gilet pare-balles vous avait protégée ?
– C'est exact. Je me suis mal exprimée. C'est ce que je voulais dire.
– Vous avez donc été poignardée par le suspect en question ?
– Oui.
J'essaie de rester calme.
– Comment avez-vous réagi à ce moment-là ?
– J'ai essayé de m'écarter de lui, de le repousser. Et il s'est soudain écroulé devant moi. D'un coup.
– Sans raison apparente ?
– Non. J'en ai donc profité pour le menotter.
– *Avant* de vérifier si vous étiez blessée ?
– Oui.
Il se met à prendre des notes sur son calepin.
Une technique d'intimidation qu'apprécierait à coup sûr Zhao Ming.

– Vous étiez comment ? Inquiète ? En colère ?
– Un peu des deux.
– Et vous n'avez pas eu envie de passer cette colère sur Scott Wang ?
– Non.
– À aucun moment après qu'il vous a poignardée ?
– Non.
– Et avant ?
– Non plus.
– Vous ne l'avez frappé à aucun moment ?
– Non.
– Même pas pour vous défendre ?
– Non.
Il se tourne vers Nick.
– Et vous ?
– Non plus.
– Vous n'avez donc infligé, ni l'un ni l'autre, de blessures sur le suspect en question ?
Je réponds au même moment que Nick.
– Non.
– OK... C'est bon.
Il éteint le dictaphone et referme son calepin.
– Agent Kovacs, j'aimerais maintenant pouvoir vous parler en tête à tête pendant quelques minutes. Seule. En privé.
Je réalise à contretemps que l'exercice n'était probablement qu'un prétexte pour nous voir et avoir accès à mon unité.

Ou plus exactement me voir.

Je lui jette un long regard d'avertissement, pour bien lui faire comprendre que je n'apprécie pas du tout sa tentative de me mettre en porte-à-faux avec Nick.

Nick, de son côté, sort de la pièce en secouant la tête. Écœuré.

– Agent Kovacs…

Sheppard sort trois dossiers de sa pile, en faisant bien attention de ne pas altérer l'équilibre parfait qu'il a mis tant de temps à établir, et les pose devant lui.

– J'aimerais profiter de cette occasion pour faire un rapide point sur votre unité.

Je n'hésite pas une seconde.

– Les performances de mon unité ne dépendent en rien de vous ou de votre division.

– Je sais. Mais les trois détectives avec lesquels vous travaillez sont encore rattachés au VPD et de fait, dépendent bien de mon service.

– Sauf qu'à ma connaissance, votre visite d'aujourd'hui ne porte que sur les conditions de l'arrestation de Scott Wang.

Il soupire et se met à faire tourner son stylo à encre entre le pouce et l'index. Un objet qui doit coûter aussi cher que tous les vêtements que je porte sur moi aujourd'hui.

– Agent Kovacs… Vous voulez que je repasse plus tard ? En mettant dans mon rapport que vous avez refusé de répondre à une simple série de questions sur les membres de votre équipe ?

– Non. Mais si vous me donnez le choix, je préférerais que vous leur parliez directement, si vous avez des questions à leur poser.

– Écoutez… Nous sommes tous les deux officiers supérieurs… Et nous faisons tous les deux le même métier…

Comme s'il avait souvent à désarmer des suspects comme Scott Wang.

– Je ne vous demande rien de plus que de confirmer les quelques informations personnelles que je possède sur les trois personnes avec lesquelles vous travaillez. Juste pour m'assurer qu'elles n'ont pas changé depuis la dernière mise à jour de leurs dossiers.

Je sais que c'est une tactique pour bien me montrer qu'il a le pouvoir de mettre mon unité sur la sellette s'il le souhaite, et je décide d'obtempérer pour ne pas faire durer encore plus les choses.

– OK. Allez-y. Mais je vous préviens, j'ai bien mieux à faire aujourd'hui que de répondre à une série de questions d'ordre purement administratif qui peuvent très bien attendre. Soyez bref.

– Je n'y manquerai pas.

Il se plonge dans l'un de ses dossiers et ouvre le capuchon de son stylo avec un « clic » impressionnant qui semble le mettre de bonne humeur. Puis il se met à lire, avec une lenteur à la limite de la provocation.

– Détective Nick Ballard, 39 ans, ancien membre d'une unité d'élite de la GRC… Marié, deux enfants :

Timothy, 10 ans, et Lisa, 8 ans. Adresse : 2124 MacKay Avenue. Correct ?
– Pour autant que je le sache, oui.
– Vous pouvez me dire pourquoi M. Ballard a mis fin à une brillante carrière au sein de la GRC pour rejoindre le VPD, puis le CSU ? Pour travailler dans une petite unité de police de la côte ouest du Canada, et devenir, de fait, votre subordonné ?
Je résiste avec difficulté.
– Non.
– Il ne vous en a jamais parlé ?
– Non.
– Vous pensez que la naissance de son deuxième enfant, une petite fille handicapée, a pu influencer sa décision ?
– C'est le genre de question auquel je peux difficilement répondre à sa place.
– OK... Je vois que le terme « partenaire » ne décrit peut-être pas aussi bien que ça la relation que vous avez avec lui...
Il attrape la fiche de Keefe sans me donner le temps de réagir.
– Détective Keefe Green, 28 ans. Partage un appartement avec sa petite amie, Astrid Clement, institutrice. Adresse : 1005 Beach Avenue. Correct ?
– De nouveau, oui. Pour autant que je le sache. Vous voulez en venir où ?
– Nulle part. Je profite juste de l'occasion pour remettre à jour mes dossiers.

– Vous êtes conscient que nous travaillons actuellement sur un triple homicide ?
– Oui. Je n'en ai plus que pour quelques instants.
Il sort la fiche de Connie. De nouveau avec des mouvements bien plus lents que la normale.
– Détective Connie Chang, ou plus exactement Chang Jiang Li. 32 ans. Née à Hong-Kong. Installée au Canada depuis l'âge de 3 ans. Fiancée. Pas d'enfant. Adresse : 1420 Georgia Street, un appartement de luxe en plein centre-ville avec vue sur Stanley Park et English Bay. Payé en toute vraisemblance par son futur mari, Shaun Park, un jeune entrepreneur à succès de la région, d'origine sud-coréenne.
– De nouveau correct. C'est bon ?
– Presque.
Il referme ses dossiers et tapote plusieurs fois sur la pile de documents avec le plat de la main. Comme pour me faire comprendre qu'il possède de nombreuses informations supplémentaires sur les membres de mon équipe qu'il n'a pas mentionnées.
– Vous savez que nous n'avons quasiment rien sur vous ?
– C'est normal, je ne dépends pas du VPD.
Il sort un dossier de son attaché-case, différent des autres, et l'ouvre bien en évidence sur la table.
– 35 ans. Célibataire. Pas d'enfant. Double nationalité, canadienne et américaine. Adresse : 3042 Marine Drive, West Vancouver. Correct ?

Je me force à lui répondre.
– Correct.
– C'est un quartier plutôt chic…
– Aussi correct.
Il hésite.
– Vous devez toucher bien plus qu'un officier supérieur du VPD comme moi…
Je fixe son stylo.
– Ça. Ou je ne dépense pas mon argent pour les mêmes choses que vous. Vous avez terminé ?
Je me lève sans lui donner la moindre chance de me répondre et je lui serre la main.
– Merci de vous être déplacé. Nous sommes vraiment à la minute près aujourd'hui.
Il referme à contrecœur son stylo Mont Blanc et je ne peux m'empêcher de regarder la photo d'identité accrochée à l'angle de la feuille posée devant lui.
Une photo qui date d'il y a six ans.
Identique à celles qui figurent sur tous mes papiers d'identité.

22.

BUREAUX DU CSU
1135 DAVIE STREET
18:02

– OK. Bilan.
Je m'assois en bout de table de réunion et je concentre toute la frustration que l'entretien avec Sheppard a fait monter en moi pour faire un nouveau point avec Keefe.
Efficace.
Rapide.
Comme si cela pouvait effacer la demi-heure que je viens de passer.
– Nouveaux résultats ?
– Oui.
Keefe attrape une série de documents et je repense à Nick ; reparti avec David alors que je finissais avec Sheppard.
– 1) Rien dans l'analyse de sang de Faith Donovan : ni alcool, ni drogue. 2) Résultats des tests faits sur Scott Wang et l'homme de la ruelle : ils se sont bien battus ensemble, et Delgado a réussi à retracer la région d'origine du John Doe : la province du Shanxi, au nord

de la Chine. Celle dont nous a parlé David ce matin... Les taux de produits chimiques que l'homme avait dans le corps correspondent exactement à ceux de cette région. Les tests de Delgado ont aussi révélé qu'il n'était au Canada que depuis quelques semaines, voire quelques jours. Cheveux encore contaminés sur presque toute leur longueur.

– Cause de la mort ?

– Toujours aucune de façon officielle. J'ai l'impression qu'ils ont un débat là-dessus. On ne l'aura probablement pas avant demain matin.

– Dettes de Wang Jintao ?

– Il devait bien beaucoup d'argent. À Crimson Finance, une compagnie affiliée au...

– Golden Palace.

– Affirmatif.

– Raisons ?

– Ses affaires marchaient mal et il semblait avoir des difficultés à rembourser ses prêts professionnels. Cela étant, David a creusé un peu, et il est possible que la version « Wang Jintao travaillait jour et nuit sur ses chantiers » ait en fait été « Wang Jintao passait ses jours et ses nuits à parier au Golden Palace ».

– Aucun moyen de le prouver ?

– Pas pour l'instant.

– Compte en banque de Scott ?

– Il encaissait effectivement sa paye sur un compte de la Canada Bank. Mais les sommes ne correspon-

dent pas à celles que son employeur a données à Nick et David.
– Plus ou moins ?
– Moins. Environ la moitié de ce qu'il leur a déclaré.
– Des transactions récentes ?
– Non. Aucun retrait ou dépôt effectué depuis la semaine dernière.
– Compte en banque de Wu Lisheng ?
– Pas encore réussi à localiser quoi que ce soit. Mais il est possible qu'il en ait ouvert un sous un autre nom. En utilisant par exemple un prénom occidental combiné à son nom de famille d'origine.
– Livres que j'ai vus dans sa chambre ?
– Pas encore pu vérifier. On est dimanche. Toutes les bibliothèques de la ville sont fermées.
– Et le vol dont nous a parlé Zhao Ming ?
– Il a bien une place réservée sur le vol CX 889 pour demain. YVR-HKG. Cathay Pacific. Départ à 01:45.

Mon portable se met à sonner et je décroche.
– Agent Kovacs.
– Allô ? Maître Sun Tao…

Je me lève et je ferme les yeux pour me concentrer sur l'appel.
– Je vous dérange ?
– Non. Allez-y…

La ligne se met à grésiller pendant plusieurs secondes.
– Monsieur Sun ?

De nouveau, il y a une longue plage de sons parasites.

– Agent Kovacs… Il y a quelque chose dont j'aimerais vous parler, mais je préférerais ne pas le faire par téléphone. Vous pouvez me retrouver quelque part ?
– Oui. Bien sûr. Où ?
– Le Classical Chinese Garden ? Juste à côté de mon centre ?
– Pas de problème. Donnez-moi vingt minutes.
– Merci.
Et je raccroche.
Sous le regard interrogateur de Keefe.

23.

CLASSICAL CHINESE GARDEN
578 CARRALL STREET
18:31

Je m'engage sur la série de passerelles qui s'enfoncent dans le Classical Chinese Garden – rambardes rouges sculptées, ombres géométriques posées sur le sol – et quand j'arrive sur la cour principale, c'est comme si j'avais changé d'univers.
Tout est simple.
Harmonieux.
Paisible.
Le sol est un parterre de petits cailloux arrangés par taille et par couleur pour former une mosaïque de motifs. Les arbustes et les arbres se tordent autour de gros rochers blancs érodés par le temps. Et l'étendue d'eau qui complète le tout est couverte de nénuphars vert pomme, sous lesquels nagent nonchalamment de gros poissons orange.
Ce n'est pas juste un havre de paix.
C'est une touche de poésie posée en plein Chinatown.
Un endroit qui semble vouloir vous rappeler que les grandes cultures orientales de ce monde sont loin de

se résumer à des mots comme triades, exécutions sommaires et trafic d'êtres humains.

Je cherche Sun Tao du regard, et en m'avançant de quelques pas, je le vois enfin. Assis sur un banc tout au fond du jardin, contre un mur blanc sur lequel se découpe une rangée de roseaux.

– Agent Kovacs ?

Il se lève et me salue, en basculant le torse vers l'avant.

– Merci d'être venue.

– De rien.

Il attend que je me sois assise pour prendre place près de moi.

– Encore désolé de vous avoir fait vous déplacer.

– Ce n'est pas nécessaire. Je comprends.

J'attends qu'il continue mais, à la place, il sort un bracelet de prière bouddhiste dont il se met à égrainer les perles avec le pouce et l'index. Les yeux fixés sur celui que j'ai au poignet gauche.

– Monsieur Sun, vous m'avez dit au téléphone que vous vouliez me parler de quelque chose…

– C'est exact.

Il hésite.

Une version en images de notre coup de téléphone.

– Monsieur Sun, je sais que vous avez pris des risques énormes en me contactant… Et j'imagine que vous aviez de bonnes raisons pour le faire.

Il me regarde droit dans les yeux.

– Il y a quelque chose que je ne vous ai pas dit ce matin, au sujet de Scott...

Et de nouveau, il y a un long silence. Sur lequel se superpose une myriade de petits bruits... Le clapotis des poissons qui sortent leurs nageoires de l'eau... Le sifflement des roseaux alignés derrière nous... Les crissements des passerelles en bois qui réagissent à l'air nocturne en train de nous envelopper.

Et Sun Tao se lance enfin.

– Scott sait ce qui est arrivé à son père. Il sait que sa mort n'était pas un accident.

Sa voix est à peine audible, à peine plus haute qu'un murmure.

– Il m'a fait promettre de n'en parler à personne. C'est pour cela que je ne vous ai rien dit ce matin. Mais je crois que vous avez besoin de le savoir. Parce que cela prouve qu'il n'y a aucune chance que Scott ait pu rejoindre les rangs de la TDR.

Il semble regretter d'avoir prononcé le nom de la triade et repose son regard sur les perles en train de défiler entre ses doigts.

– Monsieur Sun, qu'est-ce que Scott vous a dit à ce sujet ? Exactement ?

Il me regarde droit dans les yeux.

– Agent Kovacs... Vous devez bien réaliser que si je vous le dis, je brise non seulement la promesse que je lui ai faite, mais aussi un secret qu'il voulait garder pour protéger sa famille.

– De quoi ?
– De la vérité sur la mort de son père.
Il baisse la tête.
– Wang Jintao n'est pas mort dans un accident. Il s'est suicidé.
– Comment Scott peut-il en être sûr ?
– Parce que son père lui a laissé une lettre. Juste avant de mourir.
Je repense au dossier du VPD dont Keefe m'a parlé.
– Scott n'a jamais communiqué cette lettre aux détectives chargés de l'enquête ?
– Non.
– Vous savez pourquoi ?
– Oui... Parce qu'elle révélait les raisons pour lesquelles M. Wang s'est suicidé.
– Qui sont ?
Il hésite de nouveau.
– Si je vous le dis, vous pouvez me promettre de ne pas en parler à Mme Wang ?
J'hésite à mon tour.
– C'est difficile... Si le mot en question éclaire d'une façon ou d'une autre le comportement de Scott, il peut faire partie des éléments de son dossier.
– Vous voulez dire : si le mot en question peut aider à établir son innocence ?
– Je n'irais pas jusque-là.
Je revois soudain les yeux de Scott dans la ruelle. La haine et la violence qu'il y avait dedans. Et je me

demande comment il a réussi à bluffer pendant si longtemps quelqu'un comme Sun Tao.

– Monsieur Sun… Je ne suis pas sûre que vous compreniez pleinement la gravité des crimes dont Scott Wang est actuellement accusé… Il est non seulement soupçonné d'avoir abattu deux hommes, dont un officier de police, mais aussi d'avoir essayé de tuer deux membres des forces de l'ordre… Des chefs d'accusation pour lesquels tout juge recommandera la prison à perpétuité.

Les traits du visage de Sun Tao se figent et il enchaîne d'un coup. Comme si ma dernière phrase justifiait à elle seule qu'il brise sa promesse.

– Wang Jintao s'est suicidé parce qu'il devait de l'argent au Golden Palace, à la TDR. Parce qu'il avait des dettes de jeu tellement importantes qu'il n'arrivait plus à les rembourser.

– Sa famille n'était pas au courant ?

– Non. Il travaillait deux fois plus pour essayer de couvrir les intérêts. Jusqu'au soir de sa mort, il avait réussi à garder la chose secrète.

– C'est tout ce qu'il a mis dans le mot qu'il a laissé à son fils ?

– Non. Il a aussi demandé à Scott de quitter le pays avec le reste de sa famille. De peur que la triade s'en prenne à eux.

– Mais Scott ne l'a pas fait.

– Non.

– Vous savez pourquoi ?
– Parce qu'il est tombé à son tour dans les griffes du Dragon rouge.
– De Zhao Ming ?
Il ne me répond pas.
– Monsieur Sun ?

Il jette un long regard autour de lui, et pour la première fois, je remarque que la nuit est presque entièrement tombée. Que le jardin a perdu tout l'aspect paisible qu'il avait il y a quelques minutes à peine.

– Monsieur Sun, c'est pour cela que Scott Wang a rejoint les rangs TDR ? Pour rembourser la dette que son père avait contractée avec le Golden Palace ?
– Non. Scott Wang n'a jamais rejoint les rangs de la TDR.

Je décide de tenter le tout pour le tout.

– Même forcé ?
– Oui. Il m'en aurait parlé. Il en aurait parlé à Lisheng.
– Vous êtes sûr que Scott vous l'aurait dit s'il avait été menacé par la TDR ? Forcé à rejoindre ses rangs ?
– Oui... Je l'espère...

Une vague de tristesse traverse soudain son visage.

– Vous pensez qu'il aurait pu me le cacher ? Pour me protéger ?
– Oui.
– Qu'il n'en aurait parlé à personne ?
– Oui. Ou peut-être seulement à Lisheng... Mais si ce que vous m'avez dit sur la loyauté et le sens de l'hon-

neur de Scott est vrai, ce n'est peut-être même pas le cas. Il est possible qu'il ait rejoint les rangs de la TDR il y a des mois, voire des années, sans que personne le sache.

– J'en doute.

Je suis à deux doigts de mentionner le tatouage de Scott – la preuve qu'il a passé au moins plusieurs mois au sein de la triade avant d'en faire pleinement partie – mais je décide de ne rien dire. Pour garder le maximum d'informations confidentielles sur cette affaire.

– Monsieur Sun... Vous connaissez bien Mme Wang et ses deux autres enfants ?

– Oui.

– Est-ce que vous avez essayé d'entrer en contact avec elle depuis la fusillade d'hier ?

– Oui. Ce matin. Juste après votre visite.

– Et ?

– Je lui ai parlé au téléphone pendant quelques minutes.

– Elle vous a semblé comment ?

– C'est aussi cela dont je voulais vous parler...

Il hésite.

– Quand je lui ai demandé où étaient Joshua et Amy, elle m'a dit qu'elle les avait mis à l'abri chez des amis.

– À « l'abri » ? Elle vous a dit pourquoi ?

– Non. Mais c'était évident au son de sa voix. Elle était terrorisée.

– Pourquoi ne pas nous avoir appelés ?

– Je lui ai proposé de le faire… De les héberger dans mon centre, de les aider à quitter la ville si elle le souhaitait, mais elle a tout refusé. Elle m'a dit que la seule façon de les protéger était de garder le silence. Et de ne surtout pas contacter la police.

– Pourquoi l'avez-vous fait, alors ?

– Parce que j'ai vraiment peur qu'ils soient en danger. En grave danger.

24.

APPARTEMENT DE LA FAMILLE WANG
41 EAST PENDER STREET
19:14

Je me gare devant le 41 East Pender Street et je sors mon portable, les yeux braqués sur l'appartement de la famille Wang. Sur la seule fenêtre allumée.
– Détective Ballard.
– Nick, c'est Kate.
– J'allais justement t'appeler.

Il y a un petit silence, comme quand deux personnes manquent d'entrer en collision sur un trottoir et hésitent entre gauche et droite pour continuer leur chemin.
– Vas-y. Toi d'abord.

Nick se lance.
– On vient de vérifier la liste des communications téléphoniques effectuées sur la ligne de la famille Wang au cours des dernières 48 heures. Aucun appel passé. Deux de reçus. Le premier ce matin, juste avant midi, du centre Sun Tao. Le second, il y a environ une demi-heure, d'un portable qui appartient à Wu Lisheng.
– Durée ?
– Quelques minutes à chaque fois.

– Des portables dans la famille Wang ?
– Pas encore vérifié.

Je lève les yeux à la recherche du moindre signe de vie à l'intérieur du rectangle de lumière.

Aucun.

Nick continue.

– On a aussi découvert quelque chose sur Wu Lisheng. Il a été inculpé de coups et blessures il y a environ quatre ans.

– Je croyais qu'aucun des pensionnaires du centre Sun Tao n'avait de casier judiciaire ?

– C'est toujours le cas. Il était mineur à l'époque et le juge pour enfants a décidé de purger son dossier quand il a atteint la majorité.

– On connaît les circonstances de l'attaque ?

– Non, pas dans les détails. Mais apparemment, il s'agissait d'un acte d'autodéfense, suite à une agression raciste. D'où la décision du juge.

– Identité de l'autre personne ?

– Luke Nicholls. Mineur lui aussi à l'époque. A priori, aucun lien avec notre enquête.

– Tu peux essayer de recontacter Wu Lisheng ? De voir si toi ou David pouvez en tirer plus que moi ?

– Déjà essayé. Mais il n'est pas au centre.

– Il est où ?

– Aucune idée. Quand on a appelé, Sun Tao n'était pas là lui non plus. Il était bien avec toi ? Il y a environ une demi-heure ?

– Affirmatif. Tu peux demander à Keefe de réessayer ?
– Pas de problème. Sun Tao t'a dit quoi ?
– Que Scott Wang était persuadé que son père s'était suicidé à cause de la TDR… Qu'il avait une haine profonde pour Zhao Ming et ses hommes… Ça, et que Mme Wang et ses deux autres enfants étaient probablement en danger.
– À cause de ?
– Il ne m'a rien dit.

Je vois les phares d'une voiture remplir le rétroviseur de reflets aveuglants, et je suis le véhicule du regard jusqu'à ce qu'il disparaisse au fond de la rue. Soudain consciente de l'atmosphère étrange qui m'entoure.

Rideaux de fer baissés. Lampadaires à la lumière blafarde. Aucun signe de vie sur plusieurs centaines de mètres à la ronde.

– Tu es où ?
– Garée devant chez eux. J'aimerais que toi et David me retrouviez ici dès que possible. Il est encore avec toi ?
– Oui. Tu penses que Mme Wang est toujours chez elle ?
– Pas sûre. Mais il y a de la lumière dans son appartement.
– OK. On arrive. Donne-nous cinq-dix minutes.

Je raccroche et je repose mon regard sur l'appartement de la famille Wang.

Toujours aucun signe de vie à l'intérieur. Juste une ampoule suspendue à un fil qui descend du plafond et le halo de lumière qu'elle dépose sur un mur de papier peint daté.

Je balaie de nouveau le bâtiment du regard… Puis la ruelle de service qu'il y a juste à côté, tellement sordide que personne ne s'est donné la peine de lui donner un nom…

Et alors que les phares d'une voiture viennent de nouveau s'écraser dans le rectangle de mon rétroviseur, je vois soudain une silhouette apparaître dans l'appartement.

Petite.

Trapue.

À contre-jour dans l'encadrement de la fenêtre.

Je me redresse sur mon siège pour bien la suivre du regard et je la vois disparaître… Puis réapparaître dans une pièce adjacente dont elle allume la lumière…

Et soudain, quelque chose se met à bouger tout en haut de l'escalier de secours qui descend le long du bâtiment.

Une ombre…

Difficile à cerner…

En train d'entrer par une fenêtre dans l'appartement de la famille Wang.

25.

APPARTEMENT DE LA FAMILLE WANG
41 EAST PENDER STREET
19:22

Je sors de la voiture et je traverse la rue en courant, mon Beretta déjà entre les mains.
Je pousse la porte d'entrée de l'immeuble et je m'engage dans la cage d'escalier. La respiration haletante. Le corps tout entier affecté par l'adrénaline en train de couler dans mes veines.
Je bascule le cran de sécurité de mon arme et je monte deux par deux les marches qui me séparent de l'appartement de la famille Wang, en essayant de ne pas penser au gilet pare-balles que je n'ai pas pris le temps d'enfiler. Encore posé à l'intérieur du coffre de la Volvo.
– Madame Wang ! Police ! Ouvrez !
Je frappe à la porte du 1B et je plisse les yeux en m'attendant au pire.
À un cri de terreur.
À une rafale d'arme automatique.

Mais à la place, il y a juste un long silence. Ininterrompu. Qui ne fait qu'augmenter l'anxiété que je ressens.

J'ajuste nerveusement la position du Beretta entre mes doigts, canon braqué vers le sol, et je recommence à frapper à la porte.

– Madame Wang ! Police ! Ouvrez !

Toujours rien.

Je me plaque contre le mur du palier et je sors mon portable.

Un geste pour l'ouvrir.

Deux pour composer le numéro.

– Détec...

– Nick, je suis devant l'appartement des Wang. Quelqu'un vient d'entrer chez eux par une des fenêtres. Vous êtes où ?

J'ai du mal à reconnaître le son de ma propre voix.

– Carnegie Hall. Hastings. Deux minutes.

– OK. J'essaie d'attendre. Demande à David de couvrir l'extérieur. Rejoins-moi en haut.

Je raccroche et je frappe de nouveau à la porte.

– Police ! Ouvrez !

J'essaie de me concentrer sur de possibles sons de l'autre côté de la paroi en bois... D'ignorer les battements de mon cœur qui tambourine dans ma poitrine...

Et pour la première fois, j'entends des voix à l'intérieur.

J'attrape vite le Beretta à deux mains et je me plante en position de tir devant la porte d'entrée.

Canon à 45 degrés du sol.
Index posé sur la gâchette.
– Police !
J'entends l'une des voix se rapprocher de moi.
Féminine.
Paniquée.
Enchaînant une litanie de mots en chinois que je ne comprends pas.
Je remonte vite le canon de mon arme de plusieurs degrés. Consciente que je n'aurai qu'une milliseconde pour décider si la personne sur le point de m'ouvrir représente ou non un danger. Pour appuyer ou non sur la gâchette.
Et lentement, la porte s'ouvre…
Millimètre par millimètre…
Révélant une ligne de lumière dans laquelle apparaît Mme Wang.
En larmes.
Un enfant collé contre la poitrine.
– Madame Wang ! Veuillez sortir de votre appartement ! Immédiatement !
Le canon de mon Beretta est maintenant parallèle au sol. Braqué sur le salon qui s'étend derrière elle. À la recherche de l'intrus… De la personne qui m'a peut-être déjà dans sa ligne de tir…
– Madame Wang ! S'il vous plaît… Veuillez sortir de votre appartement ! Immédiatement !
Elle ne bouge pas et son fils se met à hurler.

De peur. De panique.

Et la tension que je ressens augmente encore de plusieurs crans.

J'essaie de faire abstraction de tous les éléments qui m'entourent. De leur peur. De la mienne. Et je m'enfonce de plusieurs pas dans le hall de l'appartement en essayant de protéger Mme Wang et son fils du mieux que je peux. En plaçant mon corps entre eux et tout agresseur potentiel…

En bas de la rue, j'entends une voiture se garer en trombe et j'avance de quelques pas.

– Police !

Derrière moi, des mots que je peux enfin comprendre s'ajoutent au mélange de pleurs et de hurlements : « Laissez-nous tranquilles… », « Ne lui tirez pas dessus… », « S'il vous plaît… ».

Mais il est déjà trop tard.

Parce que ma cible vient d'apparaître.

Plantée tout au fond du salon.

Habillée de noir des pieds à la tête.

Wu Lisheng.

– Police ! Mains en l'air !

Le jeune homme me regarde avec la même intensité que ce matin et relève lentement les bras.

– Mains derrière la tête ! Doigts croisés sur la nuque !

Il m'obéit et j'enchaîne. Toujours en hurlant.

– Maintenant, plaquez-vous contre le mur ! Front contre la paroi ! Jambes écartées !

Il continue à m'obéir et je vois enfin la silhouette de Nick apparaître sur ma droite. Arme au poing.

– Police !

Il se place en position de tir devant Wu Lisheng et je me mets vite à fouiller le reste de l'appartement.

Rien dans la cuisine – vaisselle sale, évier ébréché.

Rien dans la première chambre – lits superposés, jouets.

Rien dans la salle de bains – minuscule, glaciale.

Je m'avance vers la porte de la deuxième chambre.

Fermée.

J'entends les pleurs et les hurlements de Mme Wang et de son fils redoubler d'intensité... Je remarque le filet de lumière qui glisse à mes pieds... Je pose la main sur la poignée...

Et quand je vois ce qui m'attend à l'intérieur de la pièce, il me faut faire des efforts pour que l'horreur que je ressens ne puisse pas se lire sur mon visage.

– Amy ?

Allongée sur un lit deux places qui occupe presque toute la superficie de la pièce, Amy Wang me regarde avancer vers elle.

Terrifiée.

Les yeux braqués sur mon pistolet.

– Mon nom est Kate Kovacs. Je travaille avec la police de Vancouver...

Je note vite toutes les blessures visibles dont elle souffre – hématomes sur le visage, coupures sur les lèvres, marques de doigts sur le cou – et je continue d'une voix douce.

– Amy ?

Je glisse le Beretta dans son holster et je m'accroupis à son chevet. Les mains écartées de chaque côté du corps pour bien lui faire comprendre que je ne lui veux pas de mal.

– Amy… Ne vous inquiétez pas… Vous n'avez plus rien à craindre… Je vais appeler une ambulance. Nous…

– Non ! Ne faites pas ça… S'il vous plaît…

Elle essaie de se relever, le visage déformé par la douleur.

– Amy…

Je pose une main sur son épaule.

– Vous êtes blessée. Votre famille a besoin d'aide. Vous devez nous faire confiance.

– Non ! S'il vous plaît…

Elle se redresse violemment et quand je vois sa main droite apparaître sous les draps, couverte de traces de ligatures comme celles de son frère, je n'hésite pas une seconde.

Je sors mon portable et j'enfonce les touches 911.

– Agent Kovacs, CSU. Nous avons besoin d'une ambulance. 41 East Pender Street. Appartement 1B. Un patient. Urgent. Nous avons aussi besoin de renforts. Une unité du VPD et une équipe d'experts scientifiques.

Je raccroche et je me reconcentre sur Amy.
– Qu'est-ce qui s'est passé ? Qui vous a attaquée ?
– Personne.
Son regard se pose sur le salon.
Sur Wu Lisheng maintenant menotté.
Sur sa mère et son petit frère en larmes.
Et elle se met à paniquer.
– Amy, s'il vous plaît... Qu'est-ce qui s'est passé ?
– Rien.
– C'est l'homme qui vous a attaquée ?
Je lui montre Wu Lisheng.
– Non. Vous ne comprenez pas... Nous sommes morts... Nous sommes tous morts... À cause de vous... Vous nous avez tous tués...

Elle me regarde droit dans les yeux, terrifiée, et je sais à ce moment précis que l'existence de la famille Wang ne sera plus jamais la même.

26.

ST PAUL'S HOSPITAL
1081 BURRARD STREET
21:37

– Alors ?
Le docteur qui vient d'examiner Amy Wang s'avance vers moi et je m'extrais avec difficulté du siège en plastique dans lequel je viens de passer la dernière heure ; coincée entre une machine à boissons secouée de petits soubresauts toutes les deux minutes et un va-et-vient incessant de personnel médical.
– Rien de grave.
Dans le contexte des dernières 24 heures, j'ai du mal à le croire.
– Vraiment ?
– Oui. Elle souffre de plusieurs contusions et d'une entorse au poignet droit mais c'est tout.
– Aucun signe de violences sexuelles ?
– Non. Aucun.
– Et son visage ?
– Un hématome relativement important sur la mâchoire mais aucune fracture. Nous l'avons mise

sous calmants et nous avons immobilisé son poignet. Et par mesure de précaution, j'aimerais la garder ici en observation pour la nuit, mais c'est tout.

– Je peux lui parler ?

– Si vous voulez, mais je doute qu'elle vous réponde. Elle ne nous a rien dit et les calmants ont déjà commencé à faire leur effet. Au mieux, elle devrait être lucide pendant encore cinq ou dix minutes. Pas plus.

– OK. Je vais tenter ma chance.

Je lui tends ma carte.

– Vous pouvez m'appeler si jamais son état venait à changer pendant la nuit ?

– Oui. Mais je ne vois vraiment aucune complication possible à ce stade.

– Elle pourra être déplacée, et éventuellement voyager dans les jours ou les heures qui viennent ? En avion, en voiture...

– Avec de bons analgésiques, oui. Ce n'est peut-être pas la chose la plus conseillée à ce moment précis, mais si c'est vraiment nécessaire...

Il jette un coup d'œil vers les deux officiers du VPD plantés devant l'une des chambres de son service.

– Il n'y a aucune contre-indication d'ordre médical.

– Merci.

Je lui serre la main et j'attrape vite mes affaires pour essayer d'obtenir ne serait-ce qu'une once d'information venant d'Amy Wang.

– Amy ?

La jeune femme ouvre les yeux et il lui faut plusieurs secondes pour arriver à les fixer sur moi.

– Je suis vraiment désolée pour tout ce qui vous est arrivé…

Elle secoue la tête et regarde sa main droite immobilisée avec curiosité.

Perdue entre deux mondes.

– Je voulais juste vous dire que votre mère et votre petit frère sont en sécurité. Que plus rien ne peut plus vous arriver.

Ses pupilles se contractent soudain et elle se met à lutter contre les effets des calmants qu'on lui a donnés.

– Amy… Restez calme…

– Scott ? Où est Scott ?

Je n'ai aucun moyen de savoir si elle ignore réellement ce qui est arrivé à son frère, ou si sa question est juste un signe de confusion, comme ceux qui accompagnent souvent une phase d'endormissement.

– Il est lui aussi en sûreté…

– Ils ne l'ont pas tué ?

– Non. Vous avez ma promesse. Votre frère est en vie, et personne ne peut l'atteindre là où il est. Maintenant, vous devez faire attention à vous… Prendre bien soin de vous…

Les traits de son visage s'affaissent enfin et je m'arrête.

Parce qu'aucune question ne mérite de lui faire revivre le cauchemar dans lequel elle s'est retrouvée.

27.

COMMISSARIAT CENTRAL DU VPD
2120 CAMBIE STREET
22:44

La scène qui m'attend à l'intérieur du bureau de David Ho est tellement différente de tout ce que je viens de vivre, que je m'arrête un moment sur le pas de la porte pour essayer de l'apprécier au maximum.

Blottis l'un contre l'autre, Mme Wang et son fils sont endormis sur un canapé, enveloppés dans une immense couverture.

Assis à un plan de travail près d'eux, Nick est penché sur la console d'un ordinateur ; le visage et les avant-bras baignés dans une lumière bleu électrique.

Et juste en face de moi, la fenêtre qui donne sur le centre-ville ressemble à un tableau accroché au mur ; rempli de gratte-ciel qui scintillent dans la nuit.

Ce n'est pas juste une scène paisible.

C'est une bouffée d'humanité.

Je vois Nick relever enfin la tête et me faire signe de ne pas bouger. Puis me rejoindre dans le couloir, en refermant doucement la porte derrière lui.

– Comment va Amy ?
– Aussi bien que possible. A priori, aucune séquelle physique à prévoir.
– Excellent. Tu as réussi à lui parler ?
– Oui. Mais elle ne m'a rien dit. Et vous ?
– Une heure à regarder Wu Lisheng plongé dans un mutisme total.
– Vous avez retrouvé quelque chose d'intéressant dans ses affaires ?
– Oui. Une enveloppe avec assez d'argent pour permettre à plusieurs personnes de quitter le pays. Et d'aller loin.
– On est donc bien d'accord qu'il essayait d'aider la famille Wang, et non pas de l'attaquer ?
– C'est ce que tout semble indiquer.
– Vous avez expliqué à Mme Wang ce qui allait se passer ?
– Oui. David l'a fait en chinois.
– Et ?
– Elle a pleuré. Elle a refusé de laisser Scott tout seul ici. Pas exactement le moment le plus facile de la journée.
– Résultat ?
– Elle a accepté d'entrer dans un programme de protection des témoins avec ses deux autres enfants, après qu'on lui a bien fait comprendre que c'était leur seule chance. À la condition qu'elle ait le droit de voir Scott avant de partir.

– OK. On arrange ça demain.
Je regarde ma montre.
– Connie est toujours dans leur appart pour essayer de trouver des indices ?
– Affirmatif. Avec Keefe.

Je remarque pour la première fois la présence de David Ho au fond du couloir, en train de parler dans son portable ; adossé à une machine à boissons identique à celle qui m'a tenu compagnie aux urgences du St Paul's.
– Il a du nouveau ?
– Je ne sais pas. Il s'est mis à parler chinois dès qu'il a décroché.

David Ho nous fait signe de lui donner deux minutes et j'en profite pour faire un point rapide sur la journée de demain.
– Vous avez déjà commencé à organiser les choses ? Transfert et nouvelles identités ?
– Oui. Mme Wang et son fils peuvent rester ici jusqu'à ce qu'on les évacue. David a déjà contacté le responsable du bureau de Seattle pour voir s'il pouvait nous envoyer des agents. Et tout est OK de son côté. C'est à toi de décider si tu veux qu'on procède comme ça ou non.
– David a contacté Jack Rush ?
– Oui. Pourquoi ?

J'essaie vite de cacher l'effet que son simple nom vient d'avoir sur moi. Mais entre la fatigue et le manque de sommeil, je n'y arrive que très moyennement.

– Il y a un problème ?
– Non, non… C'est bon… Je pensais juste qu'on allait passer par la GRC, c'est tout.
– On peut encore changer d'avis. C'est vraiment à toi de décider. David a déjà bossé plusieurs fois avec lui, c'est pour ça qu'il l'a contacté. À cause des accords d'échanges qu'il y a entre le VPD et le FBI. Il pense que c'est plus sûr.
– Je sais… Non. C'est parfait.
– Sûre ?
– Sûre.
Je ferais n'importe quoi pour que cette conversation s'arrête. Là. Maintenant. Et je remercie mentalement Nick de le faire à ma place.
– OK… C'est bon… Donc, a priori, Rush peut nous envoyer deux agents : un mec du FBI, Adrian Travis, et une nana d'Interpol, Patricia Miller, qui parle couramment chinois. Tous les deux spécialisés dans ce genre d'opération. Premier départ possible : demain soir dans les 20:00-21:00. On doit juste lui laisser un message pour confirmer.
– Excellent.
Il sourit.
– Et tu sais ce que tu devrais faire, toi, pendant ce temps-là ?
Je souris à mon tour en sachant déjà ce qu'il va dire.
– Rentrer chez moi. D.o.r.m.i.r.
Il continue sur sa lancée. Mi-sérieux, mi-amusé.

– Tu bosses depuis combien d'heures ?
– Je ne sais pas… 36…
– Vas-y, rentre. On peut finir sans toi. Promis.
– OK. Merci.

Je me retourne pour voir où en est David, et je le vois raccrocher et s'avancer vers nous en secouant la tête :
– Vous êtes prêts ?

Il vérifie que la porte de son bureau est bien fermée et écarte les bras en signe d'impuissance.
– On vient de retrouver Qian Shaozu. Mort dans une ruelle de New York… Une balle tirée dans la nuque. À bout portant.

28.

MAISON DE KATE KOVACS
3042 MARINE DRIVE
23:29

Je m'assois sur le sofa, dans le noir, un carton de riz cantonais à la main.
Épuisée comme on l'est après un vol long-courrier. En décalage.
Je cherche à tâtons la télécommande du téléviseur posée sur la table basse devant moi, et j'appuie sur la touche ON.
Avec une décharge d'électricité statique, l'écran se transforme en une explosion de sons et de couleurs, et je me retrouve prise dans un faisceau de reflets qui virevoltent de tous les côtés.
Je plante ma fourchette dans mon premier plat chaud de la journée et je sélectionne l'une des chaînes d'informations régionales. Bulletins diffusés en boucle toutes les dix minutes, 24 heures sur 24.
« TUERIE À CHINATOWN »
Le titre apparaît en grosses lettres rouges en bas de l'écran.

Caractères gras.
Je monte un peu le son.
« Fusillade sanglante à Chinatown. Un officier de police, sergent Alec Colson, 36 ans, a trouvé la mort la nuit dernière alors qu'il essayait d'arrêter un véhicule suspect devant le Chinatown Plaza, sur le carrefour de Keefer et de Columbia Street. Selon les premiers éléments de l'enquête, il semblerait que le sergent Colson et sa partenaire, le sergent Faith Donovan, un officier de 28 ans légèrement blessée dans l'incident, aient été attaqués par un ou deux membres présumés de la Triade du Dragon rouge, l'une des organisations mafieuses les plus dangereuses au monde. Toujours selon les premiers éléments de l'enquête, l'incident aurait fait deux victimes supplémentaires : un jeune homme d'origine asiatique abattu sur le carrefour, et un autre retrouvé mort sur Shanghai Alley. À ce stade, nous ne disposons toujours d'aucune information sur leur identité ou sur les circonstances exactes de leur mort. Enfin, il y a seulement quelques heures, un porte-parole du Vancouver Police Department a bien confirmé que le CSU, l'unité chargée de cette affaire, avait appréhendé un homme peu après la fusillade. Soupçonné d'y avoir participé. Reportage de notre envoyé sur place, Brian Moriarty. »

Le visage de la blonde platine qui faisait office de journaliste est remplacé par celui d'un des reporters qui couvrent régulièrement les affaires policières et juridiques de la région.

Bedonnant. Grosse moustache noire. Accent vaguement québécois.

« Minuit. Chinatown... »

Je coupe vite le son avant qu'il ne me coupe l'appétit, incapable de supporter ce soir son lyrisme à l'emporte-pièce, et je regarde les images.

Vue du carrefour prise environ une heure après la fusillade, encore couvert d'officiers de police et d'experts scientifiques, mais vidé de tout personnel d'urgence.

Gros plan de la plaque de Shanghai Alley qui trône à l'entrée de la ruelle.

Carte de Chinatown avec les deux lieux du crime hachurés de rouge.

Vue du pavillon de la famille Colson.

Photos d'identité d'Alec Colson et de Faith Donovan.

Et de nouveau, la tête de Moriarty, qui doit conclure avec un commentaire du genre : « ... incident terrible qui montre une fois de plus les risques démesurés que prennent chaque jour les hommes et les femmes qui protègent notre ville ».

Il n'y a rien.

Ni sang.

Ni peur.

Ni regard rempli de haine ou de désespoir.

C'est une version tellement édulcorée qu'elle n'a plus rien à voir avec la réalité.

Je change de chaîne et je finis mon plat sans regarder l'écran. En utilisant le halo de lumière qui émane d'un documentaire animalier pour partir à la recherche des derniers grains de riz et morceaux d'omelette encore collés en bas du carton.

Puis je pose l'emballage sur la table basse, j'éteins le téléviseur...

Et le salon redevient sombre...

Comme Shanghai Alley.

Je me recule sur le canapé et j'attends que mes yeux s'habituent à l'obscurité. Qu'ils commencent à remarquer le voyant rouge du répondeur téléphonique... La silhouette des bateaux cargos posés sur la ligne d'horizon de l'autre côté de la baie vitrée...

Et pour la première fois depuis le début de cette enquête, je m'autorise à laisser mes sentiments reprendre le dessus. Je ne me blinde pas pour annoncer à une femme de 35 ans que ses deux enfants ne reverront jamais leur père... Je n'essaie pas d'esquiver les questions de Sheppard pour protéger mon intimité et celle des membres de mon équipe... Je n'ai pas à regarder de corps allongés sur le bitume... À sentir de couteau s'enfoncer dans mon ventre...

Je suis chez moi.

En sécurité.

Entourée de calme et de silence.

Et je me demande si quelqu'un trouvera jamais un moyen de représenter les effets réels de la violence. Ou si les médias continueront à croire qu'on peut le faire à coups de gros plans de rues bien cadrés.

29.

LUNDI 14 OCTOBRE

ANNEXE DU MINISTÈRE DE LA JUSTICE
840 HOWE STREET
09:00

– Vous voulez qu'on procède comment ?

Adam Coupland, procureur adjoint de Colombie-Britannique, pose les deux mains à plat sur son bureau. Avec l'air de quelqu'un prêt à remonter ses manches si nécessaire. Le genre d'homme qu'on peut facilement imaginer couvert de boue le week-end, en train de transporter un VTT à bras-le-corps. Alors même qu'il se tient devant vous avec ses cheveux poivre et sel, ses 40-45 ans et son costume Armani.

– J'aimerais pouvoir offrir un deal à Scott Wang si nécessaire.

Il fronce les sourcils.

– Vous voulez offrir un deal à un homme soupçonné d'avoir commis deux meurtres, et deux tentatives de meurtre ?

– Oui.

Il me regarde droit dans les yeux.

– C'est pour cela que vous vouliez me voir en tête à tête ?
– Oui. Parce qu'il est possible que Scott Wang soit aussi une victime.
– OK...
Il jette un coup d'œil aux dizaines de dossiers empilés autour de lui.
– Les documents que vous m'avez envoyés prouvent de façon définitive que Scott Wang a essayé d'ouvrir le feu sur un officier de police – le sergent Donovan. Vous a poignardée dans le ventre – indépendamment du fait que votre gilet pare-balles ait arrêté le coup. Et qu'il a potentiellement tué le sergent Colson sur le carrefour du Chinatown Plaza et un homme encore non identifié sur Shanghai Alley – même si vous ne pouvez pas le prouver, pour l'instant, de façon définitive. Désolé de vous décevoir, mais je vois difficilement a) le type de deal que je pourrais offrir à quelqu'un comme lui et b) comment il pourrait être innocent.
– Je n'ai jamais dit qu'il était innocent. J'ai dit que je pensais qu'il pouvait aussi être une victime. Au même titre que l'homme retrouvé mort dans la ruelle.
Il se recule sur son siège et prouve en un éclair que sa réputation d'homme prêt à tout est entièrement justifiée.
– OK. Allez-y. Je vous écoute.
– Je crois que Scott Wang a été menacé et qu'il a été forcé à rejoindre les rangs de la TDR. Que les hommes

de Zhao Ming ont pris sa famille en otage pour l'obliger à faire quelque chose.
— Quoi ?
— Je ne sais pas. Mais quelque chose d'assez important pour que deux des principaux lieutenants de la triade soient impliqués. Et que celui qui a survécu à la fusillade ait été exécuté alors qu'il était en fuite.
— Écoutez… J'ai bien passé en revue tout ce que vous et votre équipe avez trouvé, et tout porte à croire que Scott Wang a été attaqué parce qu'il a essayé de doubler la TDR. Qu'il s'agissait d'un règlement de comptes. Rien de plus.
— Sauf que dans ce cas-là, l'agression dont a été victime Amy Wang n'a aucun sens.
— Pourquoi ?
— Parce que tout ce qu'on a trouvé dans l'appartement de sa famille indique qu'elle a été attaquée vendredi soir, bien avant que la fusillade n'éclate. Que ce n'était pas un acte de vengeance, mais d'un acte de menace, d'avertissement. Pour faire pression sur Scott…
— Mme Wang et ses deux enfants sont restés cloîtrés chez eux pendant deux jours ? Sans appeler la police ou une ambulance ?
— Exact. Probablement une des conditions imposées par leurs agresseurs.
— Et l'homme que vous avez interpellé chez eux ?
— Wu Lisheng. Nous l'avons relâché. À ce stade, nous n'avons aucun indice matériel ou témoignage

qui l'implique dans ce que les Wang ont subi. Tout indique qu'il essayait d'aider la famille de son meilleur ami en leur apportant de l'argent.

– Qui venait d'où ?

– On pense que Scott versait une partie de son salaire sur un compte en banque qui appartenait à Lisheng, ou auquel il pouvait avoir accès.

– Vous pouvez le prouver ?

– Non. Pas encore.

Il croise les bras devant lui.

– OK... Ce que vous voulez, c'est un compromis, aussi minuscule soit-il, pour essayer de faire parler Scott Wang, c'est bien ça ?

– Oui. Au cas où notre plan A échoue.

– Qui est ?

– Lui offrir de parler une dernière fois aux membres de sa famille.

– Ils sont bien tous les trois sous protection ?

– Oui. Si tout se passe bien, on devrait pouvoir les évacuer dès ce soir.

– Et ils ne vous ont rien dit ?

– Non.

– Comment pouvez-vous alors être aussi sûre que ces deux affaires sont bien liées ? Que c'est bien la TDR qui a attaqué la famille Wang ?

– Parce que l'analyse de leur appartement a révélé des traces de poudre, des signes de violence et une chaise qui a été utilisée pour ligoter quelqu'un...

— Aucune empreinte de membres de la TDR fichés ?
— Non. Mais les traces de ligatures qu'Amy Wang avait autour des poignets correspondent exactement à celles de son frère. Tout était là. Et vu ce qui est arrivé à la famille de Scott...
— Elle est non seulement en danger pour avoir brisé la loi du silence...
— Mais aussi parce que Scott peut potentiellement témoigner contre la TDR.
Il soupire.
— OK. Vous avez une idée du deal qu'on pourrait lui offrir ? Parce que, personnellement...
— Oui. Une seule inculpation pour tentative de meurtre : celle du sergent Donovan. Une seule inculpation pour meurtre : celui du sergent Colson – en gardant en mémoire que Feng Huaren peut tout aussi bien en être responsable.
— Et vous voulez que je fasse disparaître les deux autres chefs d'inculpation de quelle façon ?
— Grâce à ça...
Je lui tends le rapport que vient de me faxer Delgado.
— Le John Doe de la ruelle n'est pas mort d'un coup porté sur la tempe comme on le pensait. Ou d'une balle dans la tête... Il est mort d'un arrêt cardiaque.
— « Arrêt cardiaque » ? J'espère que vous avez un peu plus que ça...
— Oui. Les tests de toxicologie ont montré qu'il avait, comme Scott Wang, un taux extrêmement élevé de

stimulants dans le corps. Mais contrairement à lui, il n'était pas en excellente santé... L'autopsie a révélé une ablation de la rate et d'une partie du foie. Probablement suite à un accident. À en croire le taux élevé de toxines qu'il avait dans le corps et le résultat détaillé de son ADN, on pense qu'il vient d'une région minière au nord-est de la Chine et qu'il n'était au Canada que depuis quelques jours, quelques semaines tout au plus... Le médecin légiste a officiellement conclu à une mort par déshydratation extrême, qui a entraîné un arrêt cardiaque alors qu'il se faisait tabasser.

– Il a donc été « exécuté » alors qu'il était déjà mort ?

– Oui. Apparemment pour cacher les vraies circonstances de son décès.

– Et vous voulez que j'utilise ça pour classer sa mort comme « accidentelle » ?

– Si possible.

Il réfléchit.

– Ce qui n'enlève rien au fait qu'il a tabassé l'homme en question, et poignardé un officier de police.

Je ne me démonte pas.

– Le passage à tabac peut être classé dans la catégorie des « coups et blessures volontaires » et je peux lui donner des circonstances atténuantes en ce qui concerne le dernier chef d'accusation.

– Quelles « circonstances atténuantes » ?

– Le fait qu'il était sous l'effet de stimulants... Qu'il n'a peut-être pas compris ce qu'on lui disait... Qu'il

était peut-être en train d'halluciner quand nous nous sommes approchés de lui...
J'hésite.
– Et que j'aurais peut-être dû appeler des renforts avant de l'arrêter.
Il fait comme s'il n'avait pas entendu mon dernier commentaire.
– Vous réalisez bien que vous êtes en train de défendre un homme soupçonné d'avoir abattu de sang-froid un officier de police et d'avoir essayé d'en tuer deux autres ?
– Oui.
– OK. Je sais comment vous bossez. Je connais votre réputation et j'imagine que vous ne me demanderiez pas d'offrir un marché pareil sans avoir une bonne raison pour le faire. Vous avez mon feu vert.
– Merci.
– Mais attention, uniquement s'il accepte de témoigner contre la TDR. Dans le cas contraire, aucun deal. On est bien d'accord ?
– Affirmatif.

30.

VANCOUVER GENERAL HOSPITAL
899 WEST 12TH AVENUE
11:00

Scott Wang est allongé devant nous ; toujours entravé à son lit d'hôpital, toujours relié à un moniteur cardiaque et une perfusion.
Le regard braqué dans le vide.
Impassible.
Je m'assois à son chevet avec Nick, et je jette un coup d'œil vers le panneau de verre sans tain derrière lequel se trouvent Adam Coupland et David Ho, et je commence.
— Monsieur Wang, nous avons plusieurs questions à vous poser sur ce qui s'est passé samedi soir sur le carrefour du Chinatown Plaza et sur Shanghai Alley… Et je dois vous rappeler que tout ce que pouvez nous dire aujourd'hui peut être plus tard retenu contre vous. Vous vous souvenez des droits que nous vous avons lus ce matin, quand vous avez repris connaissance ?
Rien.
Je branche mon dictaphone et je le pose sur la tablette placée au-dessus de sa poitrine.

– Monsieur Wang, souhaitez-vous qu'un avocat soit présent ?
– Non.
Première réponse.
D'une voix ferme. Assurée.
– OK... J'aimerais tout d'abord commencer par vous informer des différents chefs d'accusation qui pèsent contre vous. Vous êtes actuellement soupçonné d'avoir tué deux personnes : un officier de police et un homme retrouvé mort sur Shanghai Alley. Et vous êtes également inculpé de deux tentatives de meurtre sur des membres des forces de l'ordre. Des chefs d'accusation particulièrement graves...
Toujours rien.
– Monsieur Wang, pouvez-vous me dire ce qui s'est passé samedi soir, juste avant que nous vous arrêtions ?
Silence.
– Avez-vous participé à la fusillade qui a eu lieu sur le carrefour du Chinatown Plaza ?
Nouveau silence.
– Avez-vous frappé l'homme d'origine asiatique que nous avons retrouvé près de vous ?
Rien.
Ses yeux sont toujours braqués dans le vide.
Son visage est toujours aussi impassible.
Je fais signe à David Ho de se préparer à passer à l'action si nécessaire.

– Monsieur Wang, nous savons que votre famille a été menacée et que votre sœur, Amy, a été attaquée…

Sa tête pivote brusquement dans ma direction.

Son regard s'enfonce dans le mien.

Mais aucun son ne sort de sa bouche.

– Nous savons aussi que l'agression en question a eu lieu bien avant la fusillade. Ce qui nous met devant une interrogation de taille. Soit votre famille a été attaquée à cause de vous, punie pour quelque chose que vous avez fait. Soit elle a été attaquée pour vous forcer à faire quelque chose…

L'intensité de son regard est difficile à soutenir.

Un mélange de haine et de peur.

– Et dans les deux cas, je pense que vous et moi pouvons nous mettre d'accord : une jeune fille de 18 ans, un petit garçon de 6 ans, et une mère de famille n'ont probablement rien fait pour mériter d'être terrorisés de la sorte.

– Laissez ma famille tranquille !

– Trop tard.

– Qu'est-ce que vous avez fait ? Qu'est-ce qui leur est arrivé ?

La peur a définitivement pris le dessus.

– Nous, rien. En revanche, vous…

– Où est Amy ? Où est Josh ? Où est ma mère ? Qu'est-ce qui leur est arrivé ?

– C'est quelque chose auquel vous auriez peut-être dû penser avant de rejoindre les rangs de la TDR.

– Je n'ai jamais rejoint les rangs de la TDR.

Il s'arrête net.

– Monsieur Wang. Vous avez un tatouage sur le poignet qui prouve que vous avez passé au moins plusieurs mois au sein de la TDR avant d'en faire pleinement partie. Vos empreintes ont été retrouvées sur l'arme qui a servi à tuer deux hommes. Nous avons assez d'échantillons d'ADN pour prouver que vous avez infligé des blessures, avec une violence extrême, sur l'homme retrouvé mort près de vous sur Shanghai Alley. Et nous savons tous les deux ce qui s'est également passé dans la ruelle.

Il baisse les yeux.

– Vous pouvez donc essayer de me faire croire que vous êtes inquiet, que vous aimeriez savoir ce qui est arrivé à votre sœur, à votre mère, et à votre petit frère... Mais la vérité, c'est que c'est votre comportement qui les a mis en danger.

Je fais exprès d'utiliser une voix beaucoup plus dure que la normale. Pour bien rester dans le rôle que je me suis fixé depuis le début.

– Alors, voilà ce que je vous propose. Vous nous dites ce qui s'est passé samedi soir. Et je vous laisse voir votre famille.

Il hésite.

– Vous pouvez bien sûr continuer à refuser de nous parler, rester silencieux jusqu'à la fin de vos jours au fond d'une cellule haute sécurité d'un pénitencier canadien... Mais je dois vous informer de deux choses bien précises : 1) toutes les personnes qui vous connaissent, ou pensaient vous connaître, ont essayé de vous couvrir. Votre mère et votre sœur ne nous ont pas donné la moindre information sur vous ou sur ce qui s'était passé. Sun Tao m'a longuement parlé de votre sens de l'honneur et de votre discipline sans faille. Votre meilleur ami, Wu Lisheng, a manqué de se faire tirer dessus alors qu'il essayait d'aider votre famille... Et 2) D'ici quelques heures, votre mère, votre sœur et votre petit frère vont disparaître. Littéralement parlant. Le seul moyen qu'il leur reste de s'extraire de la situation dans laquelle vous les avez mis. Et après ça, vous ne pourrez plus jamais avoir le moindre contact avec eux. Vous comprenez bien ce que je suis en train de vous dire ?

Sa poitrine se met soudain à monter et descendre avec difficulté... Le bip du moniteur cardiaque s'accélère derrière lui... Ses doigts se crispent pour former des poings...

– Vous...

Il a du mal à parler.

J'ai du mal à continuer avec la même dureté.

– Alors c'est à vous de choisir. Je vous donne l'opportunité de parler une dernière fois aux membres de votre famille, de leur dire au revoir... Vous pouvez en profiter ou continuer à protéger une organisation qui a roué de coups votre propre sœur.

– Vous allez vraiment les protéger ?
– Oui.
– Vous ne me mentez pas ?
– Non.
– Et vous allez le faire, que je parle ou non ?
– Oui.
Il réfléchit et je me demande s'il va falloir que nous ayons recours au deal que je viens d'arranger avec Coupland.
– Mais si je parle, je peux les voir ?
– Oui. Pendant quelques minutes. Pas plus.
Il ferme les yeux et j'en profite pour regarder fixement son visage.
Sa peau couverte d'hématomes...
Ses lèvres gercées...
La coupure qu'il a sur la pommette...
Je sens l'impatience de Nick monter, et alors que je me prépare déjà à changer de tactique, Scott ouvre de nouveau les yeux.
Lentement...
Avec la résignation de quelqu'un qui n'a plus rien à perdre.
– OK. Je vous dis ce qui s'est passé. Et vous me laissez voir ma famille.
Je ne relève pas le fait que j'étais prête à lui montrer sa famille avant qu'il témoigne, et j'enchaîne vite.
– Marché conclu.

Je vérifie machinalement que le voyant rouge du dictaphone est toujours bien allumé et je concentre toute mon attention sur les paroles de Scott Wang.
– Allez-y...
– Ce n'est pas moi qui ai tué le policier. Mais c'est moi qui ai tué l'homme de Shanghai Alley.
Lâché d'un coup.
Comme une confession.
– OK... Comment s'appelle l'homme que vous avez tué ?
– Je ne sais pas.
– Pourquoi l'avez-vous tabassé ?
– Parce qu'on m'a demandé de le faire.
– Qui vous a demandé de le faire ?
– Feng Huaren et Qian Shaozu.
Je continue du tac au tac.
– Si ce n'est pas vous, qui a tué le policier ?
– Feng. Je crois.
– Mais vous n'en êtes pas sûr ?
– Non.
– Pourquoi ?
– Parce que je ne l'ai pas vu le faire.
– Et l'homme de la ruelle, comment l'avez-vous tué ?
– D'un coup de coude dans la tempe.
Sa précision me fait froid dans le dos.
– Quand ?
– Avant la fusillade.
– Sur Shanghai Alley ?

– Non.
– Où ?
– Ailleurs.
– Ailleurs où ?
– Je préférerais ne pas en parler.
– Monsieur Wang...
– Je sais. Nous avons un deal. Mais ce n'est pas là l'important. L'important, c'est que c'est moi qui l'ai tué. C'est tout ce qui compte, non ?
– Non. Nous avons besoin de savoir ce qui s'est passé, exactement.

Une vague de terreur traverse son regard et je continue avec difficulté.

– Monsieur Wang...
– Je ne sais pas où je l'ai tué.
– Comment ça ?
– Je crois le savoir, mais je n'en suis pas sûr.
– Vous pensez qu'il s'agit de quel endroit ?

Ses poings se serrent de nouveau.

– Si je vous le dis, vous me promettez que ma famille sera protégée ?
– Oui. Je vous l'ai déjà dit. Les membres de votre famille sont sous bonne garde. Rien ne peut plus leur arriver.
– Le Golden Palace.
– Qu'est-ce qui vous a fait penser qu'il s'agissait du Golden Palace ?
– J'ai cru voir une photo de Zhao Ming sur l'un des murs.
– Pourquoi n'en êtes-vous pas sûr ?

– C'est une longue histoire.
– Allez-y. Nous avons tout notre temps.
Il regarde pour la première fois Nick dans les yeux. Puis moi.
Et lâche la dernière phrase à laquelle je m'attendais.
– Je m'excuse pour ce qui s'est passé sur Shanghai Alley.
– Pardon ?
– Je ne voulais pas vous attaquer.
Nick ne peut s'empêcher d'intervenir.
– On ne peut pourtant pas dire que vous l'avez fait à moitié.
– Je ne savais pas ce que je faisais… Vous ne comprenez pas… Tout était différent…
Je reprends la parole.
– De quelle façon ?
– Tout était flou, bizarre… Je voyais des choses qui n'étaient pas là… J'entendais des voix… J'ai cru que c'étaient eux qui revenaient…
– « Eux » ?
– Feng et Qian.
– Qu'est-ce que vous voulez dire par « revenaient » ?
– Qu'ils revenaient pour m'achever.
– Ils voulaient vous exécuter ?
– Oui.
– Pourquoi ?
– Pour couvrir ce qui venait de se passer.
Je le force à revenir en arrière.

– OK. Vous avez tué l'homme de la ruelle, vous pensez l'avoir fait dans le Golden Palace. Pourquoi n'en êtes-vous pas sûr ?
– Parce que tout était brouillé là aussi... Parce qu'ils m'avaient ligoté, parce que j'avais les yeux bandés quand ils m'ont transporté.
– Transporté d'où ?
– Pender Street.
– Quand ?
– Vendredi soir.
– Par qui ?
– Je ne sais pas. Ils portaient des cagoules.
– Qu'est-ce qui s'est passé exactement ?
– Je rentrais chez moi, après avoir travaillé sur le marché de nuit... Et ils m'ont forcé à monter à bord d'une camionnette.
– « Ils » étaient combien ?
– Trois.
– Vous n'avez pas vu leurs visages ? Du tout ?
– Non. Ils m'ont frappé, ils m'ont attaché et ils m'ont fait boire quelque chose... Et après ça, tout est devenu étrange... Irréel...
– Vous pensez qu'ils vous ont drogué ?
– Oui. Je tremblais des pieds à la tête. J'avais froid. J'avais chaud. Mon cœur battait n'importe comment.
– Vous savez combien de temps ils vous ont gardé à bord de la camionnette ?

– Non.
– Et ensuite ?
– Je crois que j'ai perdu connaissance… Quand je me suis réveillé, j'étais attaché à une chaise… Dans une pièce qui ressemblait à un sous-sol.
– Vous n'aviez pas les yeux bandés ?
– Non. Mais j'avais toujours du mal à y voir clairement.
– Que s'est-il passé ensuite ?
– Feng et Qian sont arrivés.
– Ce sont vos « supérieurs hiérarchiques » au sein de la triade ?
– Non.
– Monsieur Wang, vous n'avez pas besoin de les protéger… Ils sont morts tous les deux.

Ma réponse le terrifie.

– Quand ? Comment ?
– Feng Huaren a été tué pendant la fusillade du Chinatown Plaza. Qian Shaozu a été retrouvé mort dans une ruelle de New York.
– Vous êtes sûre que c'étaient eux ?
– Oui. Il n'y a pas le moindre doute sur leur identité. C'étaient donc bien eux qui supervisaient vos activités au sein de la TDR ?
– Non.
– Qui vous ont recruté ?
– Non plus.
– Écoutez, nous savons que…

– Non, vous ne savez rien. Vous ne comprenez pas.
– Expliquez-moi.

Il me regarde droit dans les yeux.

– Je ne fais pas partie de la TDR.

Je fixe sa main gauche.

– Le tatouage que vous avez à l'intérieur du poignet prouve le contraire.
– Ce n'est pas moi qui l'ai voulu.
– Vous voulez dire que vous avez été *forcé* à rejoindre les rangs de la TDR, c'est ça ?
– Non. Je viens de vous le dire. Je n'appartiens pas à la TDR.

J'ai l'impression de tourner en rond.

– OK. Trois hommes vous ont forcé à monter à bord d'une camionnette, vous ont transporté dans une pièce qui ressemblait à un sous-sol, potentiellement à l'intérieur du Golden Palace. Ils vous ont ligoté à une chaise et Feng Huaren et Qian Shaozu sont arrivés. Exact ?
– Exact.
– Et ensuite ?
– Ils m'ont demandé de participer à un combat.
– Quel genre de combat ?
– Un match de boxe sans règle, vous savez, un de ces combats à mains nues où tous les coups sont permis. Et j'ai refusé.
– Ils ont réagi comment ?
– Ils m'ont dit que je n'avais pas le choix.

Sa voix se met à trembler.
– Ils m'ont dit que si je refusais de combattre, ils tueraient ma famille.
– Vous les avez crus ?
– Oui.
– À cause de leur réputation ?
– Non. À cause des photos qu'ils m'ont montrées. Des photos d'Amy... De ma mère... De Josh...
– Prises dans leur appartement ?
– Oui.
– Des photos où on voyait Amy blessée. Menacée. Ligotée.
Il s'arrête et ferme les yeux pendant un long moment. Je continue avec difficulté.
– Le combat a eu lieu où ?
– Dans la salle où j'étais attaché.
– Contre l'homme que nous avons retrouvé dans la ruelle ?
– Oui.
– Vous l'aviez vu avant cette nuit-là ?
– Non. Jamais.
– Et vous n'avez pas la moindre idée de qui il s'agissait ?
– Non. Ils l'ont fait apparaître au dernier moment. Je l'ai entendu dire quelques mots, en chinois, juste avant le combat... Je crois que c'était une prière... Mais encore une fois, je n'en suis pas sûr.
– Vous étiez encore drogué à ce moment-là ?

– Oui. Encore plus qu'au départ. Je crois qu'ils avaient augmenté les doses ou changé de produit parce que les effets étaient beaucoup plus forts, différents… Quand le combat a commencé, je n'étais plus le même. Je n'avais pas seulement envie de frapper mon adversaire… J'avais envie de le tuer.
– Quand le combat a commencé, y avait-il d'autres personnes dans la salle ?
– Oui.
– Combien ?
– Des dizaines… J'entendais des voix, des gens qui pariaient… Mais il y avait des lumières braquées sur nous, je ne pouvais pas bien voir ce qui nous entourait. La seule chose que je voyais bien, c'était lui. Ses yeux… Ses poings… Tous les points faibles de son corps que je pouvais attaquer pour le mettre KO.
– C'est pendant ce combat que vous lui avez donné le coup à la tempe dont vous m'avez parlé tout à l'heure ?
– Oui. Coup de coude. Tempe gauche.
– Comment pouvez-vous savoir que c'est ce coup précis qui l'a tué ?
– À la façon dont il s'est écroulé. À la façon dont ses yeux se sont figés.
– Et ensuite ?
– Je ne me souviens plus que de quelques bribes… Je me souviens d'avoir entendu Qian paniquer… Avoir été amené de nouveau dans la camionnette… Et après

ça, tout s'est enchaîné comme dans un cauchemar... Encore pire que le précédent.

– Qu'est-ce qui s'est passé ?

– Je crois que Qian et Feng n'avaient pas le droit d'organiser un combat pareil... Je crois qu'ils avaient peur de la réaction de... Vous savez...

– Zhao Ming ?

Il acquiesce. Sans un mot.

– Vous le connaissez ?

– Tout le monde à Chinatown le connaît.

– Vous le connaissez personnellement ?

– Non.

– Vous avez entendu quelqu'un mentionner son nom pendant le combat ?

– Non.

– Avant ou après ?

– Non plus.

– OK...

Je l'aide à reprendre le fil de son récit.

– Que s'est-il passé après qu'ils vous ont fait monter à bord de la camionnette ?

– Ils ont aussi mis le corps de mon adversaire dedans. À l'arrière. Avec moi.

– On parle toujours bien de Feng Huaren et de Qian Shaozu ?

– Oui. Feng a pris le volant et Qian est monté à l'arrière, pour me surveiller.

– Vous pensez qu'ils allaient faire quoi ?

– Me tuer.
– Vous avez essayé de résister ?
– Non.
– Pourquoi ?
– Parce que je ne savais plus ce qui m'arrivait... Je ne pouvais plus faire la différence entre ce que je voyais pour de faux et pour de vrai.
– Comme ?
– J'avais des visions du mort qui se relevait... D'une arme braquée sur moi... D'Amy qui m'appelait au secours...
– Mais vous êtes sûr que les deux hommes étaient bien Feng Huaren et Qian Shaozu ?
– Oui.
– Vous vous souvenez de quoi, ensuite ?
– De me retrouver sur Shanghai Alley. Et de voir Qian tirer une balle à bout portant dans la tête de mon adversaire.

J'ai du mal à rester impassible.
– Alors qu'il était déjà mort ?
– Oui.
– Et après ça ?
– J'ai vu une voiture de police passer au bout de la ruelle et j'ai essayé de m'enfuir. Je me suis jeté sur Feng et j'ai essayé de le désarmer en le frappant de toutes mes forces ; mais Qian a réussi à me maîtriser. Puis ils m'ont fait remonter de force à bord de la camionnette et ils ont démarré.

– Qian était toujours à l'arrière avec vous ?
– Oui. Et on a dû rouler pendant quelques minutes seulement, parce que ce dont je me souviens ensuite, c'est de me retrouver debout au milieu du carrefour… Avec Feng blessé à mes pieds… Et un flic… Mort à quelques mètres de lui… Il y avait une sirène… Un gyrophare… Quelqu'un qui tirait en rafale… Et j'ai paniqué.

Il est de nouveau sur le carrefour.

En train de revivre la scène.

– J'ai attrapé le pistolet qu'il y avait sur le sol près de Feng et j'ai aussi pris le couteau qu'il avait dans sa poche. Je voulais me défendre. Ne plus me laisser faire. Mais quand je me suis retourné, c'est là que je l'ai vue… La femme flic… Derrière la voiture. Et j'étais sûr qu'elle allait me tuer. Alors j'ai relevé mon arme et j'ai tiré… Mais le coup n'est pas parti.

– Vous avez appuyé combien de fois sur la gâchette ?
– Deux… Trois fois… Je ne suis pas sûr… Quand j'ai réalisé que le flingue devait être enrayé, ou qu'il n'y avait plus de balles à l'intérieur, je me suis mis à courir.

– Vers où ?
– Shanghai Alley.
– Pourquoi ?
– Je ne sais pas… C'était comme une pulsion… Quelque chose que je ne pouvais pas contrôler… J'ai entendu quelqu'un tirer de nouveau et c'est vers là que je me suis mis à courir…

Il s'arrête.

– Et vous connaissez la suite… Je me suis accroupi près de l'homme que j'avais tué et j'ai dû perdre connaissance… Parce que la chose dont je me souviens ensuite, c'est de vous voir, penchée sur moi.

– Vous ne nous avez pas entendu hurler : « Police » ? À plusieurs reprises ?

– Non. Quand j'ai rouvert les yeux, vous étiez là… À quelques millimètres de moi… Mais votre visage était flou, je ne savais pas qui vous étiez… J'ai cru que vous étiez là pour m'exécuter… Tout était encore brouillé, mélangé dans mon esprit… Et je vous ai poignardée.

Il baisse les yeux.

– J'ai essayé de vous tuer… Comme la flic du carrefour… Je suis désolé…

Je fais signe à Nick de continuer pour donner une chance à Scott de se sortir de l'impasse émotionnelle dans laquelle il s'est mis.

– Monsieur Wang, pourquoi nous avoir dit que vous ne faisiez pas partie de la TDR ?

– Parce que c'est la vérité.

– Comment connaissiez-vous alors Feng Huaren et Qian Shaozu ?

Il regarde nerveusement la glace sans tain.

– Qui est derrière ?

– Un inspecteur du VPD et l'adjoint du procureur qui s'occupe de votre dossier.

— Mais pas ma famille ?
— Non.
Nick lui tend une perche.
— Nous sommes au courant pour votre père. Nous savons qu'il avait des dettes de jeu et que la triade a récupéré tout l'argent qu'il comptait vous léguer, à vous et à votre famille. Nous nous doutons aussi que les hommes de la TDR ont pu utiliser ce qu'ils savaient sur lui pour vous forcer à leur verser de l'argent. Sous forme de racket… C'est comme ça que vous avez rencontré Feng Huaren et Qian Shaozu ?
— Oui.
— Et c'est comme ça qu'ils vous ont forcé à rejoindre les rangs de la TDR ?
— Non… Vous ne comprenez toujours pas… Ils m'ont juste demandé de leur verser une partie de mon salaire, comme ils le font avec des centaines de personnes à travers Chinatown. Mais j'avais un plan… Je travaillais des dizaines d'heures en plus chaque semaine, la nuit, le week-end, en secret… Et j'économisais tout cet argent depuis des mois et des mois… pour qu'on puisse enfin tous quitter Chinatown. Ne plus vivre sous la menace permanente de la TDR.
— Sans que la triade le sache ?
— Oui. Sans que personne le sache. Je rentrais le soir, puis je ressortais. Personne ne me voyait.
— Sauf Wu Lisheng.
Il ne dit rien.

– C'est pour ça que vous mettiez tout l'argent supplémentaire que vous gagniez sur un compte auquel il pouvait avoir accès, qui lui appartenait ? Au cas où il vous arrive quelque chose ?

Il hoche la tête.

– Mais comme ce n'était pas suffisant, vous avez accepté de travailler directement pour la triade ? C'est ça ?

– Non. Je vous l'ai dit plusieurs fois, je n'ai jamais fait partie de la TDR. Je n'ai jamais rien fait d'illégal dans ma vie... En tout cas, jusqu'à hier soir...

Je reprends la parole.

– Il y avait plusieurs livres sur les triades dans votre chambre. Pourquoi ?

– Parce que je voulais m'assurer qu'on aille tous s'installer dans un endroit où le Dragon rouge ne pourrait pas nous atteindre.

– Et le tatouage ?

– Je ne me souviens de rien.

– Qu'est-ce que vous voulez dire par là ?

– Que je ne l'avais pas avant samedi soir.

J'hésite.

– Ils vous ont tatoué le symbole de la TDR sur le poignet pendant que vous étiez inconscient ?

– Oui. Je crois. Je l'ai vu pour la première fois juste avant le combat. Quand ils m'ont détaché.

Nick explose.

– Vous voulez nous faire croire qu'il est apparu sur votre poignet, comme par magie ?

– Non. Je ne veux rien vous faire croire. Je n'avais aucun tatouage sur le corps avant samedi soir. Vous pouvez demander à tous les gens qui me connaissent. Ce n'est pas le genre de chose facile à cacher quand on porte un kimono douze heures par jour.
– Pourquoi Feng Huaren et Qian Shaozu auraient-ils décidé de vous tatouer le symbole de la TDR sur le poignet si vous ne faisiez pas partie de la triade ?
– Je crois savoir… Mais je ne suis pas sûr…
– Allez-y.
– Parce que pendant le combat, tous les paris étaient basés sur ça… Mon adversaire avait ses propres supporters. Qui parlaient mandarin, et non pas cantonais. Et Qian Shaozu et Feng Huaren m'appelaient « leur homme »… Ils m'avaient marqué comme étant l'un des leurs… Et ils savaient que j'allais gagner, ou tout au moins me battre jusqu'au bout.
– Pourquoi ?
– Parce que même sans drogue, ils savaient que j'étais prêt à tout pour protéger ma famille. Y compris mourir. Ou tuer quelqu'un.

31.

VANCOUVER GENERAL HOSPITAL
899 WEST 12TH AVENUE
11:42

– Vous pensez qu'on a assez pour obtenir un mandat ?
– Oui. Fouille du Golden Palace. Interrogatoire de toutes les personnes qui y travaillent. J'ai déjà appelé un juge.
– Et Zhao Ming ?

Coupland secoue la tête.

– Non. Il ne vous a rien donné sur lui. Au mieux, on devrait pouvoir fermer pour de bon son établissement, et peut-être, avec beaucoup d'efforts, arriver à faire révoquer son droit de séjourner sur le sol canadien. Si, et uniquement si, vous trouvez assez de preuves matérielles dans le Golden Palace pour corroborer ce que Scott Wang vient de nous dire.

Je me tourne et je regarde la scène en train de se jouer de l'autre côté de la paroi de verre.

Mme Wang et ses deux enfants, en larmes, au chevet de Scott. Supervisés par Nick et David Ho.

Je refais face à Coupland.

– Comment juge-t-on quelqu'un comme lui ?
– Difficile à dire…
Il réfléchit pendant un long moment.
– Mais si vous arrivez à trouver assez d'indices matériels à l'intérieur du Golden Palace pour confirmer sa version des faits, on devrait pouvoir le faire entrer à son tour dans un programme de protection des témoins… Après peut-être quelques mois de prison, en isolement, pour le protéger des autres prisonniers…
Il soupire.
– Ce n'est peut-être pas l'idéal, mais le fait qu'il ait tout avoué, y compris le « meurtre » de l'homme de la ruelle, devrait jouer en sa faveur… Tout a bien été organisé pour sa famille ?
– Oui. Si tout se passe comme prévu, Mme Wang et ses deux enfants devraient être évacués ce soir.
– Qui s'en occupe ?
– Pour le trajet, deux agents envoyés par l'antenne du FBI de Seattle. Nous, pour l'organisation de la sécurité qui entoure leur départ.
– Et du côté du John Doe ?
Je baisse les yeux.
– Toujours rien.
– Vous ne pensez pas pouvoir l'identifier ?
– Non.
– Pourquoi ?
– Parce que tout porte à croire qu'il s'agit d'un immigré clandestin, récemment arrivé dans le pays. Et que

si sa famille venait à réclamer son corps, à supposer qu'elle sache où il se trouve, elle deviendrait de fait redevable aux passeurs qui l'ont fait rentrer illégalement au Canada… Ce serait à elle de payer l'argent qu'il leur doit… Mais on va continuer à tout faire pour que son corps ne soit pas incinéré ici, de façon anonyme.

– Je n'en doute pas.

Dans la chambre, David Ho est en train de demander à Scott de faire ses adieux.

J'attrape mes affaires pour ne pas avoir à assister à la scène.

– Vous m'appelez si jamais vous arrivez à faire révoquer le droit de séjour de Zhao Ming ?

– Je n'y manquerai pas.

Je lui serre la main et je sors dans le couloir.

Dans lequel réverbèrent déjà les cris de Joshua Wang.

32.

GOLDEN PALACE
273 EAST PENDER STREET
13:11

— Alors ?
— Scott Wang vous a probablement dit la vérité…
Connie se relève et me montre la salle sur laquelle elle et son équipe ont concentré tous leurs efforts depuis plus d'une heure : un sous-sol d'environ 20 mètres sur 15 ; entièrement vide.
— Ils ont tout nettoyé à fond, mais même des litres et des litres d'eau de Javel ne peuvent pas faire disparaître ça…
Elle éteint la lumière, pulvérise du Luminol sur le sol, et une large zone devient fluorescente à ses pieds. Bleu violet. Révélant la présence d'importantes taches de sang, toutes concentrées vers le centre de la salle.
— On ne sait pas encore si ce sang appartient à Scott Wang ou à son adversaire, mais on l'a déjà testé. Et il s'agit bien de sang humain. Vu la quantité et la position des traces dont on parle ici, je doute que les employés du Golden Palace arrivent à trouver une explication plausible à la chose.

– Tu penses que toutes ces traces proviennent du combat de samedi soir ?
– Non. Je pense que cette salle a régulièrement servi à organiser des événements de ce type. Mais que c'est probablement la première fois qu'une des personnes impliquées meurt...
Elle se redresse et rallume la lumière.
– Tu sens tout ce qui flotte dans l'air ?
J'acquiesce.
– Odeur de cigare, cigarette, sueur... J'imagine qu'on n'a pas fini de trouver des indices matériels... Aucune fenêtre. Une seule porte. C'est peut-être un endroit idéal pour organiser des activités illégales, mais pas pour effacer toutes traces qu'on pourrait y laisser...
– Tu peux continuer les recherches ?
– Avec plaisir. Je peux te garantir qu'on ne va rien laisser passer.

Le malaise que Connie ressentait hier s'est transformé en une détermination encore plus forte qu'à l'ordinaire.
– Tu sais où est Keefe ?
Elle lève les yeux vers le plafond.
– Oui. En train d'essayer de percer le système informatique de l'établissement. Premier étage. Juste en dessous du bureau de Zhao Ming.
– Zhao Ming est toujours sur place ?
– Oui. Surveillé par O'Brien et Yung. Mais on n'a absolument rien pour le garder. Il peut décider de partir quand il veut.

– Je sais… Pourquoi il est resté ?
– Il nous a dit qu'il voulait te parler. En tête à tête.
Je décide de le faire attendre au maximum.
– Et côté personnel ?
– On attend l'arrivée d'interprètes. Ils sont tous en train de nous faire croire qu'ils ne parlent que chinois.
– La fouille du bâtiment n'a rien révélé ?
– Non. Aucune arme. Aucune trace de drogue. Aucune somme d'argent suspecte. Mais vu qu'ils ont eu plus de 24 heures pour se préparer depuis le combat, je doute qu'on trouve quoi que ce soit…
– OK. Merci.

Je sors de la pièce et je traverse le dédale de couloirs et d'escaliers qui séparent sous-sols et étages, en notant au passage les dizaines d'articles de presse encadrés sur les murs. Tous vantant les mérites de Zhao Ming en tant qu'homme d'affaires.

– Du nouveau ?

Keefe relève la tête et soupire.

– Non. Que dalle.

Il me montre les trois ordinateurs posés devant lui, au milieu d'une petite pièce remplie d'écrans de surveillance et de matériel informatique.

– C'est le centre de sécurité du bâtiment, et tous les ordinateurs, à l'exception de celui de Zhao Ming, sont branchés sur le même réseau. Et devine quoi ? Ils sont tous flambant neufs. Disque dur rempli d'applications

jamais utilisées. Mémoire morte intacte. Aucun document stocké à l'intérieur. En cherchant bien, je suis sûr que je peux encore trouver l'étiquette de vente collée à l'arrière de chaque machine...
— Et l'ordinateur de Zhao Ming ?
— A priori un portable qu'il pouvait brancher sur ce réseau, ou utiliser de façon autonome. Tous les câbles sont là. Mais pas l'ordinateur.
— J'imagine que tu n'as retrouvé aucune cassette vidéo de surveillance...
— Naturellement...
— Et des documents sous forme traditionnelle ? Dossiers, reçus, fiches de paie ?
— Non plus. Il y a deux coffres dans le bureau de Zhao Ming et un autre dans les sous-sols du bâtiment. Pas encore ouverts, mais...
— Ils ont probablement été vidés eux aussi.
— Désolé. On savait bien qu'on avait peu de chances de retrouver quoi que ce soit de ce côté... Tu as déjà parlé à notre cher Dragon rouge ?
— Non. J'y vais. Il est seul dans son bureau ?
— Oui. On a mis ses deux gardes du corps avec le reste du personnel en bas, dans une des salles de jeux au rez-de-chaussée.
— Il a toujours accès à un téléphone ?
— Oui. Notre mandat ne couvre pas ses affaires personnelles. Mais on a le bâtiment sur écoute. Aucun appel de passé ou de reçu.

– OK. Tu me tiens au courant si tu as du nouveau ?
– Affirmatif.
Je mets mon portable sur vibreur et je monte d'un étage. Direction : le bureau de Zhao Ming.

– Agent Kovacs…
Le propriétaire du Golden Palace me serre la main comme si nous étions de vieux amis, avec un grand sourire qui a du mal à se faire de la place sur son visage bouffi.
– Merci d'être passée comme je vous l'ai demandé.
Première prise de contrôle : faire comme si je venais d'obéir à l'une de ses requêtes.
Je ne relève pas.
– Je voulais juste vous remercier de tout ce que vous avez fait pour nous.
– De rien.
Il s'arrête. Contrarié par ma réponse.
– Vous savez bien sûr ce que je veux dire par là…
Il sort un petit carnet de la poche de sa veste et le feuillette lentement avant de s'arrêter sur l'une des pages.
– Agent Kovacs, Kate. Numéro de badge : FBI-1511191. Responsable du CSU. 1135 Davie Street.
Je le laisse continuer.
– Je vous suis redevable. Vraiment. Vous venez de révéler une série d'activités illégales qui se déroulaient au sein de l'un de mes nombreux établissements, dont j'ignorais entièrement l'existence. Et grâce

à vous et aux membres de votre équipe, deux des employés qui avaient toute ma confiance, et qui l'ont trahie, ne peuvent plus nuire à mes intérêts et à ma réputation. Merci. Du fond du cœur.

Je résiste avec difficulté.

– Et qui sait ? L'enquête sur la mort de Qian Shaozu ne fait que commencer… Elle révélera peut-être quelques secrets de plus sur vous et vos employés ?

– Vous savez bien que Qian Shaozu ne faisait plus partie de mes employés quand il a été tué.

– Mais il en faisait encore partie quand il a ouvert le feu sur un officier du VPD.

– De nouveau, vous savez très bien ce que je pense de cet incident. Tragique. Inexcusable. Une véritable atteinte à tous les principes que je prône depuis des années.

Il jette un long regard autour de lui.

– J'imagine que vous allez fermer cet établissement ?

– Vous pouvez en être sûr.

Il attrape la petite statue en forme de dragon posée sur son bureau.

– Je peux l'emporter en souvenir ?

– Non. Pas avant que nous ayons tout examiné. Mais vous pouvez attendre ici si vous le souhaitez…

– Non.

Il regarde sa montre.

– J'ai un avion à prendre dans moins d'une heure. Mon chauffeur m'attend.

– Je pensais que vous ne partiez que ce soir ?

– Changement de plan. Je ne vais plus à Hong-Kong mais à Shanghai. J'ai décidé de faire l'acquisition de plusieurs installations minières au nord de la Chine. J'ai un rendez-vous important à ce sujet jeudi matin.
– Province du Shanxi ?
– Exact.

Il sourit.

– Ce fut un véritable plaisir de faire votre connaissance, agent Kovacs...

Il me serre la main et pose l'index sur la tête du dragon toujours posé sur son bureau.

– Quand votre équipe et celles du VPD auront fini, vous pouvez l'emporter si vous le souhaitez. En signe de reconnaissance, pour que vous n'oubliiez jamais ce que vous venez de faire ici...

Il fait semblant de se souvenir de quelque chose.

– Oh... Et si jamais vous avez l'occasion de parler à la famille du jeune homme qui a failli si tragiquement mettre fin à vos jours sur Shanghai Alley, dites-lui bien que toutes mes pensées sont avec elle... La famille Wang, c'est bien ça ? Dites-leur que je suis prêt à les dédommager pour tout ce qu'ils ont subi au cours des dernières 24 heures. Ils n'ont qu'à me contacter.

Il me tend sa carte.

Et il me faut faire des efforts surhumains pour l'attraper sans rien ajouter.

Pour bien lui prouver que ses techniques d'intimidation ne marchent pas avec tout le monde.

33.

VANCOUVER INTERNATIONAL AIRPORT
3211 GRANT MC CONACHIE WAY
20:40

Les mots *Gate closed* apparaissent enfin sur l'écran des vols au départ – ligne *BA084* – *London Heathrow* – et c'est notre feu vert.

Mme Wang et ses deux enfants se lèvent, flanqués par Travis et Miller, pendant que Nick, David Ho et moi assurons les arrières.

Je balaie du regard pour la énième fois la salle d'attente.

Toujours aussi vide.

Toujours aussi silencieuse.

Puis je jette un coup d'œil vers le panneau de verre teinté qui se trouve sur l'un des murs de la pièce – une des galeries de la police des frontières derrière laquelle sont postés plusieurs officiers supplémentaires – et j'attends.

Que le personnel de la compagnie aérienne vérifie les billets de leurs cinq derniers passagers.

Que Travis tende au responsable de la sécurité trois passeports flambant neufs, avant de lui montrer le sien et celui de Miller.

Que ce qui était jusque-là la famille Wang s'enfonce dans le tunnel d'accès à bord.

Je n'ai aucune idée de leur destination finale, du vol qu'ils prendront à Londres pour continuer leur voyage. Et leur nouveau nom ne figurera sur aucun de mes rapports.

À partir de maintenant, les trois personnes terrorisées par la TDR n'existent plus.

J'entends le bruit de leurs cartes d'embarquement se faisant avaler par le lecteur optique du comptoir, et en moins de deux minutes, ils sont prêts au départ.

Une opération réglée à la perfection par Rush.

Comme d'habitude.

Je vois Amy Wang se retourner une dernière fois pour nous dire au revoir avant de disparaître dans la passerelle d'accès à bord.

Et tout est fini.

La porte d'embarquement D54 se referme derrière eux avec un long chuintement, et l'écran lumineux sur lequel étaient inscrits le numéro et la destination de leur vol s'éteint. Comme pour effacer les dernières traces de leur passage dans cette ville.

– OK…

Nick referme la fermeture Éclair de sa veste et sort ses clés de voiture.

– Des candidats pour une pizza rapide avant de fermer boutique ?
David Ho sourit.
– Partant.
– Kate ?
– Non merci. J'ai encore deux ou trois trucs à faire avant de rentrer.
– Comme...
Il fait semblant de réfléchir.
– Rester ici jusqu'à ce que leur avion décolle ?
– Entre autres.
– Tu veux qu'on te tienne compagnie ?
– Non. C'est bon.
– Tu es sûre ?
– Oui.
Il jette un dernier regard vers la porte d'embarquement. Long et intense. En contradiction complète avec l'attitude désinvolte qu'il vient d'essayer d'adopter.

34.

VANCOUVER INTERNATIONAL AIRPORT
3211 GRANT MC CONACHIE WAY
20:55

Je m'assois à l'une des tables du Starbucks qui donne sur le tarmac de l'aéroport et je regarde la silhouette du 747 posé de l'autre côté de la baie vitrée.
Énorme.
Luisant de pluie et de reflets.
Un monstre de métal dans lequel se trouvent désormais Mme Wang et ses deux enfants.
J'essaie de ne pas penser à Scott seul dans son lit d'hôpital... Au corps de l'homme toujours non identifié qui repose dans la morgue du VGH... À la famille Colson... À Faith Donovan... À toutes les personnes dont l'existence a été bouleversée de façon irréversible par les actions de deux hommes qui ne sont même plus là pour répondre de leurs actes.
Et je me concentre à la place sur le rectangle de couleur qui me fait face. Presque aussi parfait qu'un tableau de Miró.
Ciel bleu sombre.
Petites lumières rouges et vertes le long des pistes.

« Marquage au sol jaune peinture-fraîche ».

Et pour compléter le tout, un croissant de lune tellement fin qu'il vous donne envie de le fixer pour lui donner une raison d'exister.

Je sens la tension des trois derniers jours commencer lentement à s'estomper et j'attrape la tasse de cappuccino posée devant moi. Identique à celle que je n'ai jamais eu le temps de boire samedi soir.

J'avale quelques gorgées, les yeux braqués sur l'appareil en train de quitter son emplacement, et, comme dans un rêve, son visage apparaît.

Soudain.

Au milieu de la masse d'images déjà superposées sur la baie vitrée du café.

Le visage de Jack Rush.

La dernière personne que je m'attendais à voir ce soir.

– Je peux ?

Je lui réponds avec un grand sourire et je le regarde s'asseoir face à moi. Passer de l'état de reflet un peu flou à celui d'être humain en chair et en os.

Je remarque ses tempes un peu plus grisonnantes que la dernière fois que je l'ai vu, sa carrure d'homme de terrain adoucie par deux ou trois kilos de trop et quand je le regarde enfin droit dans les yeux, c'est comme si les sept dernières années ne s'étaient jamais écoulées.

Je peux sentir mes doigts écraser les siens... Entendre le son de sa voix me répéter les mêmes choses à l'infini... Et j'attrape vite ma tasse à deux mains pour essayer de trouver un point d'ancrage physique dans le présent.

– Alors comme ça, agent Rush, on n'arrive qu'une fois que tout est terminé ?

– Vieille technique brevetée par la CIA.

Il baisse la voix et fait semblant de regarder autour de nous.

– J'étais dans un des bureaux de la police des frontières. Superbe vue sur le hall des départs. Je n'en ai pas raté une miette.

– Et tu ne te montres que maintenant ?

– Je ne voulais pas te mettre mal à l'aise devant tout le monde. Alors j'ai attendu. Je savais que tu ne partirais pas avant que leur avion ne décolle.

– À ce point prévisible ?

– De la meilleure façon qui soit.

Il se recule un peu sur son siège et me dévisage à son tour.

– Ça va ? Tu as l'air crevée…

– C'est un des risques qu'on prend quand on s'attaque de front à la mafia chinoise de la côte ouest.

– Avec succès.

– C'est une façon de voir les choses…

J'essaie de me concentrer et de passer outre le malaise que je ressens à chaque fois que je le vois. De repenser à tout ce qu'il représente pour moi, et non pas à ce qui s'est passé le jour où nos chemins se sont croisés pour la première fois.

– Comment vont Isabel et les enfants ?
– Ou comment désamorcer une conversation avant qu'elle ne devienne trop personnelle... Superbe technique, agent Kovacs...
Je souris et je lui fais comprendre que j'attends toujours sa réponse.
– Bien. Megan vient d'entrer à l'école primaire et Ryan s'est découvert une nouvelle passion pour le BMX.
– En plus du skateboard ?
– En plus du skateboard. Autant te dire qu'on est en train de collectionner les casques, genouillères et coudières à la maison.
– Ça lui fait combien ?
– Onze ans. Ce qui ne me dit toujours pas comment *tu* vas ?
– Bien. Rien à signaler.
– Vraiment ?
– Vraiment.
Il baisse les yeux et je réalise brusquement qu'il y a autre chose.
– Jack ?
Il hésite et je sens mon cœur se mettre à tambouriner dans ma poitrine.
– Tu as du nouveau ? C'est pour cela que tu es ici ?
– Non. Tu sais bien que si j'avais du nouveau je t'en parlerais sûrement pas dans un café. J'avais juste envie de te voir.

– De me voir ?
Je ne suis toujours pas convaincue.
– Jack, qu'est-ce qu'il y a ?
Il me regarde droit dans les yeux et se lance enfin.
– J'ai lu le dernier rapport de Stanford[1].
J'essaie de rester calme et de ne pas lui montrer à quel point je suis déstabilisée par ce qu'il vient de me dire.
– J'aurais dû me douter que le mot « Confidentiel » n'allait pas t'arrêter.
– Kate, tu sais bien que ses rapports font partie des pièces de ton dossier.
– Ce qui ne rend en rien la chose plus facile à gérer...
Il me regarde pendant un long moment, sans rien dire, et malgré tous mes efforts, je ne peux m'empêcher de lui poser la seule question qui s'impose.
– C'est pour cela que tu es venu ?
– Pardon ?
– Parce que tu avais peur que je fasse foirer cette opération ?
Il secoue plusieurs fois la tête et pose ses mains sur les miennes. Un geste qui menace de me faire de nouveau basculer dans le moment gravé à vie dans ma mémoire.
– Non. Bien sûr que non.
– C'est Bailey qui t'a envoyé ?

---

1. Voir *Le Phénix*, dans la même collection.

– Non plus. Kate, écoute… J'étais inquiet. J'allais t'appeler. Et quand Ho m'a contacté hier soir, j'en ai profité. Je me suis dit que c'était une occasion rêvée de te voir… Rien de plus. Promis.

Je sens ses doigts serrer les miens et en un instant, c'est tout ce qui compte. Je sais qu'il vient de me dire la vérité et j'ose enfin lui dire ce que je ressens depuis que j'ai vu sa silhouette se superposer à celle du 747.

– Ça fait du bien de te voir.
– De même.

Et je souris.

Parce que malgré tout ce que sa visite vient de remuer au plus profond de moi, le sentiment qui domine tous les autres est un sentiment de sécurité. Impossible à décrire.

– C'est leur avion ?
– Oui.

Il regarde comme moi le Boeing, maintenant prêt au décollage en bout de piste.

– Tu penses qu'ils arriveront à se refaire une nouvelle vie ?
– S'ils sont bien aidés, oui.

Il sourit et dans le silence qui suit, le jumbo-jet commence à s'élancer.

Moteurs à pleine puissance.

Pneus entourés de gerbes d'eau.

Et lentement, il se cabre…

Nez pointé vers le croissant de lune…
Avec une grâce impressionnante vu sa taille. J'essaie de le fixer le plus longtemps possible. De le suivre jusqu'au dernier moment. Mais après quelques secondes à peine, il disparaît. Comme avalé par l'immensité du ciel.

Et je suis de nouveau avec Jack Rush. Face à un rectangle de nuit étoilée.

Je voudrais remercier ma famille et mes amis pour leur amour, leurs encouragements et tout ce qu'ils représentent pour moi.

En France : mes parents ; mon frère, son amie et leur fille, Chloé.

En Irlande du Nord : Kathy et ses trois filles, Danielle, Andrea et Cathy.

Quelque part sur la planète : Anne et Laura.

L'équipe éditoriale de Milan Poche pour son travail, son soutien et son enthousiasme – ainsi que toutes les personnes qui ont contribué à la réalisation et la diffusion de cette série.

Enfin, le groupe Radiohead et la ville de Vancouver pour être deux sources d'inspiration absolument inépuisables ! Sans eux, l'univers de CSU ne serait pas ce qu'il est.

carolineterree@yahoo.com

DANS LA MÊME SÉRIE

MILAN

 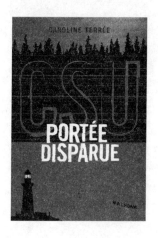

Sur le parking d'une forêt de Vancouver, la voiture d'une jeune femme est retrouvée abandonnée.
C'est celle de Rachel Cross, 24 ans, étudiante… et fille unique d'un sénateur américain multimillionnaire.
Fugue ? Enlèvement ? Assassinat ?
Pour Kate Kovacs et son équipe du CSU, tout est possible.
Et le temps est compté…

Incendie criminel. Une évidence devant les restes calcinés de l'église de la petite ville de Squamish, non loin de Vancouver.

Une piste s'impose : la secte du Phénix, installée dans les montagnes qui surplombent la ville.

Affaire délicate pour le CSU. Très vite, Kate Kovacs et son équipe se retrouvent au cœur d'un terrible engrenage de haine, de violence et de drames humains…

« Mort blanche ». Pour les amateurs de montagne, ce nom signifie désastre. Mais pour d'autres, il est synonyme d'adrénaline.

Suite à un accident d'hélicoptère, les membres du CSU sont amenés à enquêter sur les causes de ce drame... Un drame aux circonstances troubles, entre parois rocheuses et couloirs d'avalanche. Un drame où la vie ne pèse pas grand-chose, face à la mythique mort blanche...

Les personnages et les événements relatés dans cette série sont purement fictifs.
Toute ressemblance avec des personnes ou des faits existants ou ayant existé
ne saurait être que fortuite.

Achevé d'imprimer en France par France-Quercy, à Cahors
Dépôt légal : 2ᵉ trimestre 2005
N° d'impression : 50710b